中央党校（国家行政学院）
离退休人员科研成果资助出版项目

经历诗意

王彦民　著

人民东方出版传媒

东方出版社

图书在版编目（CIP）数据

经历诗意 / 王彦民著 . -- 北京 ： 东方出版社，
2021.1

ISBN 978-7-5207-1421-1

Ⅰ.①经… Ⅱ.①王… Ⅲ.①诗歌评论－中国－当代
－文集 Ⅳ.①I207.22-53

中国版本图书馆CIP数据核字（2020）第217934号

经历诗意

（ JINGLI SHIYI ）

责任编辑：王　璐
出　　版：东方出版社
发　　行：人民东方出版传媒有限公司
地　　址：北京市西城区北三环中路6号
邮　　编：100120
印　　刷：北京汇林印务有限公司
版　　次：2021年1月第1版
印　　次：2021年1月第1次印刷
开　　本：787毫米×1092毫米　1/16
印　　张：16.75
字　　数：160千字
书　　号：ISBN 978-7-5207-1421-1
定　　价：58.00元
发行电话：(010) 85924641　85924738

自序一

　　和许多人一样，我一直爱读诗。诗是中国文化的重要源头。诗亦是历史。

　　我的学业，主要是历史。读史时常读到诗，读诗即是读史。目力所及，有所心会，随手记之。退休后，参编《燕京诗刊》，对诗尤加注意。

　　《经历诗意》，本为备忘，以便修己。类似诗话，亦诗亦文亦史。三者兼修，乐以系之。合而言之，皆属历史。

　　兹从学术和历史角度，探讨诗意之发生、表达和解释，探讨历史中的诗词和诗词中的历史，探讨诗意之创作及诗意与人生。

　　适逢资助出版，欣然整理申报。愿对读者有所补益。

　　不知读者，以为然否？尚望方家，不吝赐教！

王彦民

2019 年 7 月 17 日

contents

壹　何为诗意？　　　　　　　1

贰　诗是什么？　　　　　　　7

叁　诗意欣赏　　　　　　　　29

肆　对联诗意　　　　　　　　89

伍　书画诗意　　　　　　　　105

陆　雕塑诗意　　　　　　　　119

柒　诗意创作　　　　　　　　127

捌　诗话　　　　　　　　　　185

玖　诗亦历史　　　　　　　　201

拾　诗意与人生　　　　　　　213

后记　　　　　　　　　　　　261

目录

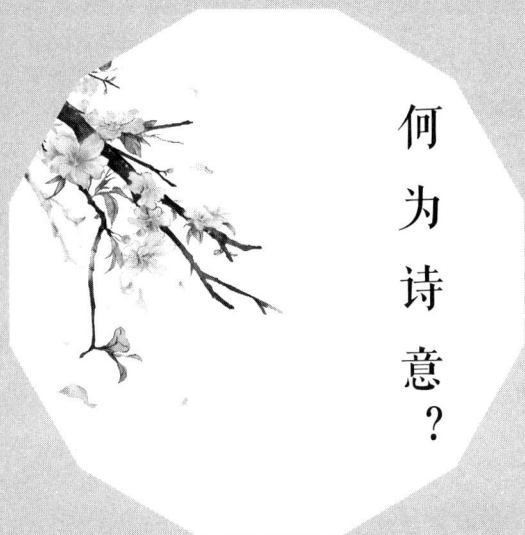

何 为 诗 意 ？

1.何为诗意？《现代汉语词典》解释："像诗里表达的那样给人以美感的意境。"这还可进一步探讨。诗无达诂，各有认识。诗意亦如此。

2.诗意是凝结真善美的，是透过心灵感悟，在精神上升华，让人感到愉悦的美妙意境。

3.想写诗是一种兴致，即心中含有某种诗意，因为精神上有升华的感觉。

4.诗意有多种表现。如：一种感受，一种觉悟；一种灵感，一种兴致；一种意境，一种情境；一种志向，一种节操；

一种修养，一种练达；一种美妙，一种审美；一种精神，一种理想；一种文艺，一种创作；一种历史感，一种历史观；一种联想，一种哲思；一种想象，一种意象；一种现实，一种生活；一种素描，一种绘画；一种雕刻，一种塑造……词、赋、歌、曲，是诗的流变形式，本来就有诗意；戏剧，有诗意；对联，有诗意；优美的散文，也有诗意；好的小说，如《三国演义》《水浒传》《红楼梦》《西游记》，皆有诗意。

5.心情适宜，到处有诗意。或者说，各地本来有诗意，心情适宜，才能感动兴起。

6.诗意的生发，不定时、不定式。以生存为本，修养为基，待境而生，随兴而发，结果之一，形成诗。

7.诗意因人而异，因时而异，因地而异。时不同，地不同，人不同，诗意亦不同。

8.诗意与个人的性格、气质、经历、好奇心、想象力及所追求有关。

9.就诗本身来说，诗意是诗所包含的意思和境界。

10.万事万物皆有诗意。

11. 诗意是对真善美的追求，对理想的追求，对愿景的追求，对情感的追求，对自由的追求，对公平正义的追求，对远方的追求，对宇宙万物发展规律的探索与追求……每个人都有诗意。诗意就在每个人的心中，以及言谈和行为中。

12. 古往今来，几乎所有诗作，作者自知其意，读者因人而异，犹自得之。

13. 诗意，诚如宋代词人张孝祥所说："悠然心会，妙处难与君说。"①

14. 贺麟悼念林徽因说："一身诗意千寻瀑，万古人间四月天。"这里的诗意是什么？是林徽因真善美及其高尚的精神追求，也是贺麟对林徽因真善美及其精神追求的无限怀念。林徽因曾以类似之意，追悼徐志摩。1931 年 11 月 19 日，徐志摩从上海乘坐中国航空公司飞机去北平参加林徽因关于中国建筑的演讲会，中途因飞机失事而遇难。蔡元培悼念徐志摩挽联说："谈话是诗，举动是诗，毕生行径都是诗，诗的意味渗透了，随遇自有乐土。乘船可死，驱车可死，斗室生卧也可死，死于飞机偶然者，不必视为畏途。"②上联不就是说徐志摩的诗意吗？下联揭示人生常理，不也具有诗意吗？徐志摩去世后，林徽因写

---

① 南宋张孝祥《念奴娇·过洞庭》词句。宛新彬等选注：《张孝祥诗词选》，黄山书社 1986 年版，第 138 页。
② 冯骥才：《天大的塑像》，《中国社会科学报》2015 年 10 月 26 日，第 7 版。

的《你是人间的四月天》《别丢掉》，具有特别美好感人的诗意。

15.《论语》的诗意。钱穆从文学的角度看《论语》时，谈及《论语》的诗意。他认为《论语》"文学价值极高"，如"子曰：'饭疏食，饮水，曲肱而枕之，乐亦在其中矣。不义而富且贵，于我如浮云。'"。他说："孔子这段话充满着诗情画意。前三句均是在描写一'穷'字，实含有画意；最后两句实含有诗意，这是诗人的胸襟，这叫吐属……如'浮云'两字，不论何处人均可会意，实有其意境，人人可明白，故孔子说：'言之无文，行之不远。'这段文字可以说是无韵的散文诗。"①（孔子的前三句，可能是回忆其青少年时期的生活状况。许多人都经历过这种生活，我亦经历过。重点在后两句，可能是其成年后的思想境界。）钱穆的文学观，范围较广，《尚书》《春秋》等，他都从文学的角度看过。

16. 太空科学和人工智能，都可能改变人类未来。人类可能成为跨星球的物种，也可能升级为新的物种。美国宇航局科研人员施图林格，1970 年在一封信中写道："太空探索不仅仅给人类提供一面审视自己的镜子，它还能给我们带来全新的技术、全新的挑战和进取精神，以及面对严峻现实问题时依然乐观自信的心态。"②科学有诗意。科学的探索，也是诗意的探索。

---

① 许旸：《60 年后再听钱穆"讲"文学》，《文汇报》2016 年 4 月 7 日，第 9 版。
② 黄志澄：《太空科学关乎人类未来》，《学习时报》2017 年 8 月 9 日，第 7 版。

17. 就个人而言，最美的诗意在自己 —— 在自己的感悟和认识。外在是被感悟和认识的东西。

18. 有人说："一生的高度，或许来自内心。"① 此话有理有诗意。理即诗意。

19. 诗意无处不在。诗意即精义。万事万物，皆有精义，皆有诗意。

20. 非其人其境，诗意难于说明。

---

① 成都凸凹：《以诗句传递人性的温度 —— 读〈李铣〉诗集〈月亮上有水〉》，《光明日报》2017 年 6 月 19 日，第 12 版。

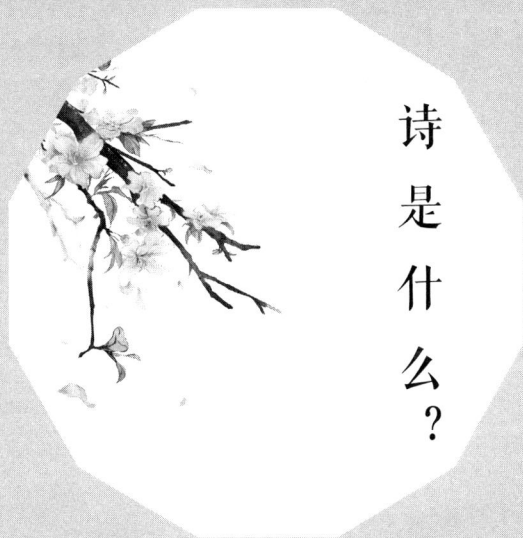

诗是什么？

经历

诗意

two

1.诗是一种存在。诗里有乾坤，有过去、现在和未来。

2.诗是一种经历。诗里有足迹，更有心迹，有行为和思想感情的经历。

3.诗是情感的迸发，思想的精华，智光的闪现（灵感）。旅游易生灵感，多思智光易燃，交往与接触产生情感。

4.诗是因为生命而产生的。

5.诗是人性美好基因的活力展现。

6. 诗是一种发明创造，并且精巧。

7. 诗是对希望和理想的探索。

8. 诗是真善美的化身。

9. 诗是一种言说。可以言志、抒情、载道、记事……

10. 诗是一种美。美在意境，美在艺术，美在高尚的思想感情与追求。

11. 诗也是审美。作者审美，读者审美，解释者更审美。

12. 诗是性情思想感悟意志之生发，高度升华而有音节节律的一种文艺形式。

13. 诗是语言文字艺术，也是思想感情艺术。

14. 诗亦是历史或历史的重要组成部分。

15. 诗又是历史的产物，有史才有诗。不同历史时期，产生不同的诗。

16. 诗的内容和形式，随历史的发展而发展。有些诗可作史料，有些诗可称史诗，有些诗深具史识，含有哲理。诗在历史中有重要作用。

17. 诗是崇高的。

18. 诗是向阳的。

19. 诗是面朝大海的。

20. 诗是仰望星空的。

21. 诗是忧国忧民的。

22. 诗是热爱山水草木花竹的。

23. 诗是精神的体现，或是精神的载体。

24. 诗，精神独立，追求自由，追求真善美，追求公平正义。

25. 诗，基于生活，包括物质生活、精神生活、社会生活，以及其他各种生活。

26. 诗，因生存而产生，又为生存服务，为人类文明发展服务。中国早期的诗，至少在周代至汉代，是配合礼乐的，并被纳入政教范畴。

27. 诗，本质上是个人的。归根到底，是属于社会的，属于自然存在的。

28. 诗，"微言大义"。

29. 诗，"尽精微"而"致广大"。

30. 诗，"奇思妙想"。

31. 诗，向往远方，有"终极关怀"和"梦想"。

32. 诗，有三世界：一、文字的；二、心中的；三、本源的。

33. 诗之为经，可以吟诵，可以传承。诗之为乐，可以歌唱，可以和声。诗之为用，可以兴观群怨，可以记人记事，可以为传为史，几乎无所不能。世界一体，万物相通。

34. 诗中有意象，有自然环境，有人文心境、意境、情境、神境、理境、希望与理想之境。

35. 诗各有缘：情缘、意缘、思缘、时缘、地缘、人缘、事缘、闲缘、趣缘、兴缘……换而言之，诗缘于天，缘于地，缘于人，缘于日月星辰；缘于事，缘于物，缘于山水；缘于心志，缘于性情；缘于感悟，缘于想象，缘于思想；缘于政治，缘于经济；缘于国家，缘于社会；缘于文化，缘于教育，缘于修养；缘于经历，缘于相遇；缘于机会，缘于挑战；缘于时，缘于势，缘于命运……诗缘各种各样，可概而言之，缘于自然，缘于生活，缘于心之向往。①

36. 诗关人品。诗反映人品，只是就诗的方面而言。人品有多方面表现。观人品，观心性情志，观思想言行。诗里虽有心性情志和思想言行，但不全面，不充分。

37. 诗性，诗意，人人都有，普遍存在于自然中。有些人善于表达，有些人不善于表达，或者不能表达。这是由人的性格、所受教育、所处环境、自我修养等决定的。

38. 21 世纪以来，经常有人讲"诗与远方"。究竟何为"诗与远方"？很难说得清楚。每个人都有自己的"诗与远方"。这是个需要不断探索的问题。

---

① 《毛诗正义》有"诗缘政"观，盖对"三百篇"而言。后来有"诗缘情"说等。

39. 诗，有广义的诗，有狭义的诗。狭义的诗，指成文诗。广义的诗，包括成文诗、心中的诗和本源的诗。一切关于真善美、公平正义、科学艺术的思考与探索和本源的真纯，都是诗。

40. 诗能超越现实，因为诗是精神上的结晶，富有想象力，充满希望和向往。哲学、宗教、科幻小说以及其他艺术，也能超越现实，但很少像诗一样精致。

41. 文有文体，诗有诗体。中国有中国的诗体，外国有外国的诗体。外国如英国的十四行诗、俄罗斯的阶梯式诗、日本的俳句诗，等等，不一而足。

42. 欧美国家的成文诗，如同其语言一样，与中国诗不同。语言不同，则诗不同，表达方式不同，内容思路亦不同。

43. 诗的体裁，各种各样，都是因为表达需要产生的。

44. 诗人对诗，各有独特的感受和表述。

45. 诗各有说。不同时代、不同国家、不同作者，对诗有不同之说。

46. "诗言志"？《尚书·尧典》记载：舜帝对夔说："夔！命汝典乐，教胄子，直而温，宽而栗，刚而无虐，简而无傲。诗言志，歌永言，声依永，律和声。八音克谐，无相夺伦，神人以和。"夔曰："于，予击石拊石，百兽率舞。"[①] 由此看来，"诗言志"，自古具有音乐和教化的作用，舜要求贵族之子：正直而温和，宽厚而庄重，刚毅而不暴戾，简约而不傲慢。"诗言志，歌永言，声依永，律和声"，若可意会，难以言传。古代"诗"与"歌"合一，诗既言志，又能歌唱。"言"有二意：一是说出、表达出，二是诗的语言文辞。"志"是心上的东西，是心所向往。"歌"是歌唱的歌。"永"是歌咏的咏，歌唱的唱。"歌永言"，咏的是诗的语言文辞。"声"是声音的高低缓急、抑扬顿挫；"依"是依循、遵循，声音依遵具体的咏唱。"律"的作用是使声音声调和谐，使诗歌的节律、音律、韵律和谐。"和"是符合、和谐。这是古人对诗歌的一种概述和要求，至今不失其义。有人把"诗言志，歌永言，声依永，律和声"翻译为："诗是表达思想感情的，歌是唱出来的语言，五声要根据所唱而选定，六律要和谐五声。"[②] 还有其他译文，可以相互参照。

47.《诗经》时代，诗是言志的主要形式。但不限于言志，也抒情，写实，记事，歌功颂德，用于祭祀。如《诗经·小雅·采薇（六）》："昔我往矣，杨柳依依。今我来思，雨雪霏

---

① 顾宝田：《尚书译注》，吉林文史出版社 1995 年版，第 17 页。
② 《尚书》，中国文史出版社 2003 年版，第 21 页。

霏。行道迟迟，载渴载饥。我心伤悲，莫知我哀！"①情景交融，借景抒情。亦是写实。

48. 孔子教人学诗，说诗可兴观群怨，不学诗无以言。为什么至今没有看到他和弟子们的诗？是他们没有写诗吗？还是他们写了而没流传下来？或者尚未被发现？或者只是"述而不作"？或者因为"诗缘于政"？

49. 孔子重视《春秋》，说知我者春秋乎，罪我者春秋乎？难道这也是没有写诗的原因吗？孔子是极有诗意的人，怎么会没有写诗呢？《论语》即可谓诗。"一言以蔽之，思无邪。"孔子修养极高，出口成章，开篇即谓："学而时习之，不亦说乎？有朋自远方来，不亦乐乎？人不知而不愠，不亦君之乎？"不就是诗吗？又如："入则孝，出则悌，谨而信；泛爱众，而亲仁。行有余力，则以学文。"②"人而不仁，如礼何？人而不仁，如乐何？"③《论语》结尾孔子曰："不知命，无以为君子也；不知礼，无以立也；不知言，无以知人也。"④等等。孔子的"兴观群怨"，"不学诗无以言"，可谓已经诗化了。孔子《易传》："天行健，君子以自强不息。地势坤，君子以厚德载物。"不也是吗？

① 程俊英:《诗经译注》，上海古籍出版社 1985 年版，第 304 页。
② 杨伯峻:《论语译注》，中华书局 1980 年版，第 4—5 页。
③ 杨伯峻:《论语译注》，中华书局 1980 年版，第 24 页。
④ 杨伯峻:《论语译注》，中华书局 1980 年版，第 211 页。

50. 唐人说《诗》："诗者，志之所之也，在心为志，发言为诗。情动于中而形于言，言之不足，故嗟叹之；嗟叹之不足，故咏歌之；咏歌之不足，不知手之舞之、足之蹈之也。情发于声，声成文谓之音。治世之音安以乐，其政和；乱世之音怨以怒，其政乖；亡国之音哀以思，其民困。故正得失，动天地，感鬼神，莫近于诗。"[①]

51. "诗者，持也"（《诗纬·含神雾》），"持人性情，使不失坠"（孔颖达《诗谱序正义》）。

52. 宋代王安石《字说》："诗者，寺言也。寺为九卿所居，非礼法之言不入。故曰'思无邪'。"袁枚说："《孝经·含神雾》云：'诗者，持也。持其性情，使不暴去也。'其立意比荆公差胜。"[②]王安石重礼法，袁枚重性情。袁枚所引《孝经·含神雾》是否有误？查《孝经》，无《含神雾》，而《诗纬》有《含神雾》。《诗纬·含神雾》曰："诗者，天地之心。""诗者，持也；持其性情，使不暴去也。"

53. 明代黄宗羲认为："诗也者，联属天地万物而畅吾之精神意志也。"比"诗言志"说得更明白。他又说："诗之为道，从性情而出。""诗之道甚大，一人之性情，天下之治乱，皆所

---

① （唐）魏征等撰，沈锡麟整理：《群书治要》，中华书局2014年版，第33页。盖选自《毛诗·大序》。

② （清）袁枚：《随园诗话》上，北京燕山出版社2007年版，第29—30页。

藏纳……古今志士学人之心思愿力，千变万化，各有至处。"因此诗亦为史，或相与表里。既可以诗证史，也可以诗补史。诗学亦即史学，亦即人学，亦即社会学、政治学。

54.清代人说诗。王士祯强调"神韵"，袁枚强调"性灵""性情"，沈德潜强调"格调""宗旨"，翁方纲强调"肌理"，黄遵宪主张"我手写我口"和"诗之外有事，诗之中有人"，梁启超主张"新意境、新语句、古风格"，王国维标举"境界"。各有所见，各有其理。

55.2013 年 10 月国际诗歌节给中国诗人赵丽宏的颁奖词中说："赵丽宏的诗歌让我们想起诗歌的自由本质，它是令一切梦想和爱得以成真的必要条件。"① 可以说，自由是诗歌的本质，或诗歌具有自由之本质。但自由只是诗歌本质的一部分。诗歌的本质，还包括希望和想象、情操和审美、理想和追求，等等。

56.有人认为：诗是"本真存在的言说"。"诗歌和哲学均是解释世界的重要形式。而诗歌这一表现形式往往有理论语言不可替代的优越性，不确定的形象语言比明确的理论语言更能表达丰富、细微的思想。近代哲学发现，存在的本真言说是诗。诗并不仅仅是人们用来表达思想感情的工具，它不是一般的言

---

① 赵丽宏：《今晚是中国诗人的夜晚》，《光明日报》2013 年 12 月 6 日，第 13 版。

说，而是存在的本真言说，诗歌看护了存在，是存在的家。诗人往往被视为神的代言人，即灵感神授者。柏拉图认为，'诗歌本质上不是人的而是神的，不是人制作而是神的诏语；诗人只是神的代言人'，即以为诗人与最高存在直接相关。"① 这种认识，在中国古代也能找到知音，如元代贡师泰认为："富贵可以知力求，而诗固有难言者矣。……清词妙句在天地间，自有一种清气，岂知力所能求哉？""元代诗论家论自然，以为有天地之自然，有人心之自然"，诗学的"自然"概念大大丰富②。中国当代诗人海子也认为："诗不是诗人的陈述。更多的时候是实体在倾诉。"③

57. 诗比哲学更能解释任何对象。有人认为，"诗歌能以任何内容为表现对象"，"如果以生命和世界的最高存在为表现对象，参与对世界的根本解释，则可以极大地提高其思想内涵"④。也许是这样。这需要诗人做出努力。

58. 每个诗人都有自己的感受，不必强求一律。诗的面孔，如同人的面孔，不会完全相同。诗人宗白华（1897—1986）认为，诗不能以灵感为主，灵感忽来忽去，倏起倏灭，岂能为我

---

① 雷文学：《新诗的哲学建构》，《中国社会科学报》2014 年 8 月 22 日文学版。
② 查洪德：《不该被遗忘的元代诗学》，《中国社会科学报》2014 年 7 月 18 日，B01 版。
③ 雷文学：《新诗的哲学建构》，《中国社会科学报》2014 年 8 月 22 日文学版。
④ 雷文学：《新诗的哲学建构》，《中国社会科学报》2014 年 8 月 22 日文学版。

诗是什么？　/ 19

们所主？灵感是恩惠，可遇不可求。情绪人人所具，更非诗人的特权。诗之为诗，在不期然而然，可一不可再的"字句的组织"，在这组织中所流荡的风韵，奇趣，不可思议的因缘会合，"此中有真意，欲辨已忘言！""字，句，和它的微妙不可思议的组织，就是诗的灵魂，诗的肉体。"诗是用字句"妙造自然"的艺术。①

59. 赵丽宏认为："诗歌是文字的宝石，是心灵的花朵，是从灵魂的泉眼中涌出的汩汩清泉。""把语言变成音乐，用你独特的旋律和感受，真诚地倾吐一颗敏感的心对大自然和生命的爱 —— 这便是诗。"②

60. 法国诗人穆沙说："诗就像是深夜冰封的雪地上，一只猫走过时发出的足音。"③

61. 塞尔维亚诗人德拉根·德拉格耶洛维奇说："人类几千年的诗歌体验已经证实：简练的语言，丰富的想象，深远的寓意是诗歌的理想境界，永远不会过时。"④ 实有深刻的道埋。

---

① 《宗白华谈诗》，《老年文摘》2014 年 10 月 30 日，第 5 版。
② 赵丽宏：《今晚是中国诗人的夜晚》，《光明日报》2013 年 12 月 6 日，第 13 版。
③ 饶翔：《接续光荣的诗歌传统》，《光明日报》2013 年 12 月 6 日，第 13 版。
④ 赵丽宏：《今晚是中国诗人的夜晚》，《光明日报》2013 年 12 月 6 日，第 13 版。

62. 杨健民著《诗若安好，便是存在》，认为诗歌是无止境的，存在更无止境。刘小枫著《诗化哲学》，借伏尔泰话语指出："诗 \ 语言的问题就是生活的问题，诗 \ 语言的哲学就是生命的哲学。哲学之思必定满溢着诗气。"海德格尔说过："思就是诗，尽管并不就是诗歌意义的一种诗。存在之思是诗的源初方式……广义和狭义上的所有诗，从其根基来看就是思。"①

63. 诗与哲学之争。在古希腊，柏拉图著《理想国》，称苏格拉底说过："从前哲学与诗歌之间发生某种争论"，这种争论，不仅起源古老，而且意义重大。柏拉图试图终结这种争论：在一个由哲人治理良好的城邦里，诗被放逐在城邦外。柏拉图允许"为诗一辩"——只要诗歌的捍卫者证明诗歌不仅"甜美"，而且对城邦和民众的生活"有益"，"理想国"就应当有诗，哲人也会欣然接受。但柏拉图认为，诗歌不是一种"追随真理和崇高事业的东西"，并认为：诗歌没有抓住真理，没有知识，也没有正确的观念，只能对人的灵魂中远离理性的低劣部分施加影响。灵魂中的低劣部分是欲望和血气，高贵部分是理性。本该由理性统治欲望和血气，诗歌却唤醒和喂养欲望和血气，并使它壮大扼杀理性。因此，诗歌有能力伤害正直之人。18世纪，德国人施勒格尔认识到柏拉图的思想观点，试图把诗与哲学统一起来。施勒格尔提倡"浪漫诗（或称超验诗）"，认

---

① 袁勇麟：《戴着草帽追赶太阳的诗人——评〈健民短语〉》，《文汇读书周报》2016年3月14日，第5版。

为"浪漫诗"能与哲学联姻,能把柏拉图所说的灵魂的高贵部分和低劣部分组织起来。"浪漫诗"青睐哲学,其"全部内容就是理想与现实的关系",其艺术语言包含"哲学韵味"或"哲学意蕴"①。这需要考察古希腊及18世纪德国的经济、社会、政治、学术和文艺,结合古希腊《荷马史诗》、古希腊哲学、18世纪德国诗与哲学等进行思考和辨别。而在中国,《诗》为六经之首,是中国传统文化的源头,并且一直是中国人的一种精神家园。

64. 诗歌曾是奥运项目。现代奥运创始人顾拜旦认为,古希腊的诗歌与艺术传统应在现代体育活动中延续。因此,1912年斯德哥尔摩奥运会,首次增设建筑、绘画、雕塑、音乐、文学作品比赛,合称"缪斯的五项文艺比赛"。1912—1948年间,诗歌是奥运会比赛项目(1936年柏林奥运会,因戈培尔干涉,诗歌比赛奖牌被德国和意大利人拿走)。现代奥运的诗歌比赛,类似命题作文,题目多与运动项目和运动精神有关。1948年伦敦奥运会后不久,奥委会讨论决定不再设置这五项比赛,此后诗歌不再是奥运会比赛项目,主要原因是,奥运会的诗歌和艺术比赛只允许"业余选手"参加②。无论怎样,顾拜旦是很有诗意,很有见地的。

---

① 朱云飞:《诗与哲学之争的现代演绎》,《中国社会科学报》2016年5月10日,第2版。
② 《老年文摘》2016年8月25日,第12版(摘自《京郊日报》8月16日)。

65. 诗是"无中生有"。扬之水曾与赵越胜论诗，赵复函说："与其用这许多理论表达把诗弄成一个大而无当的概念，不如干脆把诗看作'无'。这样，彻底的空泛走到了它的反面，'无'成了一个最具体的概念。莱布尼茨问道：'万物皆在，为什么偏偏无不在？'这真是振聋发聩的一问。一切皆在，无自然在。无不在，则无物在。这从空间和时间上看都有充分的根据。诗（veses）在希腊的含义便是'使……在场'，'使……现相'，也就是'无中生有'。"① 赵的专业本是哲学，喜欢思考和写作，曾在《读书》中以"精神漫游"开设专栏，连续发表文章。他的上述诗论，是 1988 年 5 月写给扬之水的。扬认为他很健谈，"是一团意识"，说他"酷爱音乐，家中唱片无算，哲学意识便缘自音乐感受，而音乐感受又渗入的是哲学意识。他绝对忍受不了没有艺术的生活，因而工业文明（技术时代）的前景就显得格外可怕"②。如此看来，赵是一位注重精神生活的人，一位很有诗意的人。诗是无中生有，有意思。

66. 诗之用。叶嘉莹认为："诗之为用，是要使读诗的人有一种生生不已、富于兴发感动的不死的心灵。""中国的好诗都有一种兴发感动的力量。"③

---

① 扬之水：《好看，也好听》，《文汇报》2016 年 11 月 26 日，第 8 版。
② 扬之水：《好看，也好听》，《文汇报》2016 年 11 月 26 日，第 8 版。
③ 叶嘉莹：《吟诵，惜之念之的文化遗产》，《人民日报》2017 年 9 月 1 日，第 24 版。

67. 北京大学一位哲学教授说:"我们国家的哲学常常是以诗书写的,我们的文明在一定程度上是诗缔造的。我在做中国传统艺术研究时,深深感到,中国艺术其实就是诗的变奏。没有诗,我们的文明将是暗淡的。诗,是我们这个民族的真正文明基因。"德国哲学家谢林说:"超越现实只有两条:诗和哲学。"张世英(长于西方哲学研究)曾把谢林的这句话,写成条屏给朱良志教授,嘱咐他研究美学不能忘记诗[①]。这几位哲学家,对诗都很有见地。

68. "诗以载道""文以载道""法以载道""颂声载道",生以载道,死以载道,载道者多也。万事万物皆有道,亦皆载道。道即真理,包括一切发展规律。

69. 诗与歌。"诗言志,歌永言,声依永,律和声。"诗原本就是可以歌唱的,《诗经》、乐府中的诗,大都是可以歌唱的。随着时移世变,歌调渐被遗忘,便剩下诗的文字语言。近代以来,歌调可以歌谱记载,歌词可以诗化,诗词亦可以歌化。所谓诗与歌的跨界与融合,又被人提起,并以 2016 年获诺贝尔文学奖的美国民谣歌手鲍勃·迪伦为例,认为"'歌'、'诗'融合,是文学文化艺术发展的一种趋势,这是影响力日益衰微的书面诗与浅俗歌曲共有的一个自我拯救机会"[②]。

---

① 朱良志:《念入心中的诗》,《光明日报》2017 年 10 月 15 日,第 12 版。
② 刘小波:《"歌"与"诗"的跨界与融合》,《中国社会科学报》2017 年 9 月 4 日,第 6 版。

70. 李政道认为：科学与艺术"源于人类活动最高尚的部分，都追求着深刻性、普遍性、永恒和富有意义"。普遍性一定根植于自然，而对普遍性的探索则是人类创造性的最崇高表现。"艺术家和科学家都是关注终极意域真理的探索者。"① 艺术包括诗歌、绘画、音乐、书法、雕塑、陶瓷、建筑、戏剧、摄影、舞蹈、园林……。

71. 人对艺术的爱好，源于人的天性爱美。李政道认为："这里的'美'，即为和谐、为简洁、为真实，从这个意义上讲，科学和艺术都是'美'。"② 诗是讲究简洁、和谐、真情实感的，当然也是美。

72. 诗与思。海德格尔认为："凡是凝神的思都是诗，凡是创造的诗都是思。"③ 他还认为，诗是展开、澄明、确立真理的方式，写诗就是呈现真理在遮蔽与澄明之间的斗争，诗人就是在黑夜的虚无之中"开启一个世界"，以引领人类"还乡"④。

---

① 黄庆桥：《科艺相通：李政道论科学与艺术》，《学习时报》2017 年 11 月 8 日，第 7 版。
② 黄庆桥：《科艺相通：李政道论科学与艺术》，《学习时报》2017 年 11 月 8 日，第 7 版。
③ 《中国文艺评论》2017 年第 11 期，第 122 页。
④ 李海英：《盘活本土资源引动诗歌活力》，《光明日报》2017 年 9 月 18 日，第 12 版。

73. 有人问为什么要读诗？这是由诗的本质、人的本质及社会需要所决定的。诗言志抒情，可以兴发感动，亦可以载史载道，发扬光大。诗是中国传统文化的重要源头，位于六经之首。孔子时期，"不学诗无以言"，谓诗可以兴观群怨，"诗三百，一言以蔽之，曰'思无邪'"。后来形成诗教，成为社会交往的渠道，更成为科举考试以诗取士之大招。现代虽不再以诗取士，但诗的作用仍不可小视，尤其是可以陶冶性情。陶冶性情，是诗歌的天命。

74. "我们为什么要有诗？"有人提出这个问题，并认为"诗属于波普尔的世界三"，即属于人类心灵产物的世界；认为诗是最真实的，"诗高于历史，诗的真实高于历史的真实"①。这是他的认识。宋代也有人提出这个问题，至少问过朱熹。朱熹即认为，诗是心灵的产物②。尽管如此，这个问题，仍然值得我们深思，尤其值得对诗感兴趣或者喜欢写诗的人深思。诗不仅是心灵的产物，更是生存环境、社会环境的产物；同时也是为表达作者的生存需求、精神需求、感情需求、社会需求，表达作者对现实及历史的感受，还有对未来的向往。我们要结合我们的实际，思考这个问题。说到心灵，人类的衣食住行及人类所创造的一切，都是心灵的产物，不仅是诗。

---

① 江弱水：《为什么要有诗》，《光明日报》2017 年 6 月 8 日，第 16 版。
② 参见朱熹：《诗集传·序》，中华书局 2011 年版，第 1 页。

75. 叶秀山以哲学眼光看诗，认为广义的诗属于最基本的本源世界。他为其老师宗白华写的《守护着那诗的意境》说："'诗意的世界'，在广义的、而不是在文体意义上来理解'诗'，则是最为基本的、本源性的世界，是孕育着科学、艺术（狭义的），甚至是宗教的世界。在本源性定义下，诗、艺术与生活本为一体，'诗'是'世界'的存在方式，也是'人'的存在方式……在这个意义下，'艺术、诗的世界'，就不是各种'世界'中的一个'世界'，而是各种世界得以产生的本源世界。"了解他的人说："哲学家的工作在于从'蒙蔽''失落''遗忘'中揭示作为人生世界根底、本源的'诗''意'，还人生世界一个本来的'美'的'意境'"；哲学家的生活则是要"在更多的人为各种实际事物奋斗的时候，守护着那原始的诗的意境。诗的意境有时会被失落，并不是人们太'普通'、太'平常'，而是因为人们都想'不平常''不普通'"。"'诗的境界'是'自由的境界'。"① "诗""意"是原本的真纯和美。

76. 有人说："谈论文学史发生学，一个关键就是关注文学史著述者的本体素质，一是要懂哲学，包括宇宙哲学、生存哲学和神话哲学；二是要懂得诗，因为诗是文学的精华，是文学中的文学，是文学通向高远精深的精神通道；三是要知晓中西文化的特征，从而以返本还原的方法，揭示中国文学的原创性

---

① 赵广明：《斯人"在""诗"——叶秀山美学要义》，《中国社会科学报》2019年9月3日，第2版。

本体特质和发展脉络。"①

    77. 一切都在不断地发展变化，诗亦在不断地发展变化。诗的语言、内容、形式及精神气质，等等，都在不断地发展变化。

    78. 什么是诗？怎样读诗？为什么写诗？怎样写诗？这是古今中外读者与作者，都可能有的问题。

    79. 诗里有许多秘密，我们还不知道；甚至司空见惯的现象，我们还未究其详。

---

① 杨义：《探寻中国文学史的发展脉络》,《光明日报》2019 年 11 月 16 日，第9 版。作者是中国社科院学部委员、澳门大学讲座教授。

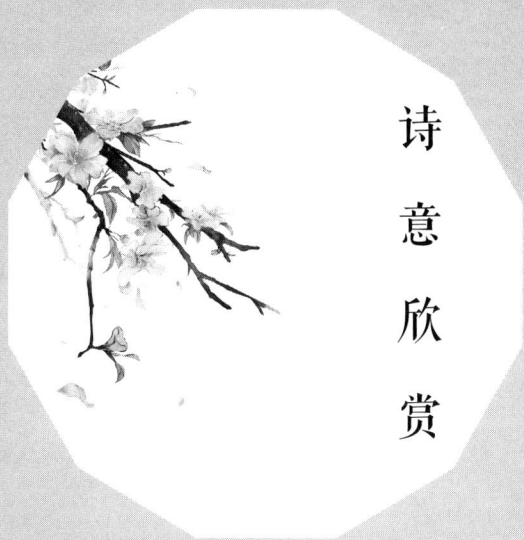

诗意欣赏

经历
——
诗意

three

1. 中国诗词有高超的思想性、艺术性、历史性、现实性、情感性、义理性及发明创造性。

2. 诗意欣赏，不等于诗词欣赏，更不限于诗词欣赏。

3. 好诗让人"悠然心会，妙处难与君说[①]"。

4. 心若年轻，岁月不老。人要乐观，言之有道。

[①] 南宋张孝祥《念奴娇·过洞庭》词句。宛新彬等选注：《张孝祥诗词选》，黄山书社1986年版，第138页。

5. 心若光明，到处是晴天。

6. 诗，浑然天成最佳。

7. 艺术源于生活和审美意识及个人兴趣。诗亦如此。

8. 前人诗中，多有本事。非经历者，难于尽知。

9. 古传舜之《南风歌》："南风之薰兮，可以解吾民之愠兮；南风之时兮，可以阜吾民之财兮。"[①] 何等心胸，何等情怀！从中可以感悟自然的力量！亦可感悟人与自然和谐之美。

10. "海棠影下，吹笛到天明。"多么愉悦，多么怡情。这是梁启超集宋人词句，赠送徐志摩对联下联中的后半句。梁启超说："此联极能表出志摩的性格……他曾陪泰戈尔游西湖，别有会心，又尝在海棠花下做诗做个通宵。"黄裳又将这词句写赠杨建民。杨建民又以此为题，回忆黄裳，并查出词句的出处[②]。多么富有诗意。

11. 在去北京香山的路上，友人拿诗讲给民听，并征询民的意见。《五月高原忆痕》："只有风是婉约的，语也轻轻，行

① （清）沈德潜选：《古诗源》，中华书局1963年版，第3页。
② 《文汇读书周报》2016年9月12日，第4版。

也轻轻。高原的心事，似乎她都懂！"诗意婉约，音调和谐。民说起舜的《南风歌》，他也觉得可爱，可以参考。

12. 朱元璋《皇陵碑记》及诗，前无古人后无来者。曹操有英雄本色，诗文直抒胸臆。韩愈文章，结构、文采都好，善于说理。欧阳修有"德圣"之称，文章也好，但其文章结构，似乎不如韩之完整。韩欧的诗，各有特色。

13. 丰子恺《怀李叔同先生》，趣味横生，感人至深。其中念叨李叔同赴日留学时作《金缕曲》："披发佯狂走。莽中原、暮鸦啼彻，几枝衰柳。破碎山河谁收拾？零落西风依旧。便惹得、离人消瘦。行矣临流重太息，说相思、刻骨双红豆。愁黯黯，浓于酒。　　漾情不断淞波溜。恨年年、絮飘萍泊，总难回首。二十文章惊海内，毕竟空谈何有。听匣底、苍龙狂吼。长夜凄风眠不得，度群生、那惜心肝剖。是祖国，忍孤负？"[1]豪情满怀，气冲霄汉，而又悲悯祖国，有天下苍生之感。

14. 刘章："闲来与陶潜交谈，对他说，'心即桃源！'";"关起门旧书几箱，阅不尽尧舜隋唐""似梦还非梦，人世几沧桑。"[2]有新思想和历史感，意境超然。

---

① 《元明清词鉴赏辞典（新一版）》，上海辞书出版社2017年版，第1438页。
② 沈轩主编：《文学照亮人生：中国现当代优秀文学作品选·诗歌散文卷》，安徽文艺出版社2013年12月版，第265—266页。

15. 传说成吉思汗率军征西夏时，路过鄂尔多斯，目睹水草丰美、花鹿出没、飞鸟成群，失手将马鞍掉在地上。部下正要拾起马鞍，他却不让，而自言自语道：这里是"梅花鹿儿栖身之所，戴胜鸟儿育雏之乡，衰落王朝振兴之地，白发老翁享乐之邦"①。谁不喜爱自然美好的环境呢？成吉思汗所吟诗句，让人欣然而向往之。

16. 张廷玉有悲天悯人情怀。他读曹松诗："泽国江山入战图，生民何计落樵渔。凭君莫话封侯事，一将功成万骨枯。"又读刘放诗："自古边功缘底事，多因嬖幸欲封侯。不如直与黄金印，惜取沙场万髑髅。"认为："曹刘二诗，相为表里，读之而不动心者，非人情也。刘诗所云，古多有之，当以为警戒。"②诚然！能在其所处地位，引以为戒，更属可贵。

17. 齐白石悼念张伯英："写作妙如神，前生有夙因。空悲先生去，来者复何人！"对张理解深刻，眼光深邃，感情真挚。启功回忆张伯英时写道："先生仙逝已 50 余年，追忆教言，尤有理解未足处，其愚钝可惭，而求教未足，仰叩未尽为可深惜也！"

---

① 本段内容出自鄂尔多斯成吉思汗纪念馆。

② 张廷玉：《澄怀园语》，见《父子宰相家训》，安徽大学出版社 2015 年第 3 版，第 209 页。

18. 廖小鸿诗，颇有豪气。诗曰："今人何须让古人，敢以我笔写我心。太白豪气动天地，我心浩然可干云。"①

19. 陶渊明性情恬淡，其诗自由自在，质朴自然。他想过桃花源似的生活，希望政治清明、社会和谐，但是难于实现。因感无奈，才"登东皋以舒啸，临清流而赋诗"。中唐韦应物，诗风与陶接近。

20. 韦应物《淮上喜会梁州故人》："江汉曾为客，相逢每醉还。浮云一别后，流水十年间。欢笑情如旧，萧疏鬓已斑。何因不归去，淮上有秋山。"②淮上：此指楚州，治所在今江苏淮安。梁州：喻守真说即今河南开封；陶敏等说，其治所在今陕西汉中。韦应物曾避乱扶风，或客于梁州，扶风与梁州（汉中）相近，皆在陕西。江汉：泛指长江、汉水流域，此处偏指汉水流域③。秋山：淮上无山，此处当指其家乡之山。

21. 诗有不同看法。对同一首诗，不同人有不同看法。时移世界，立场不同，个人修养不同，胸怀不同，有不同看法是正常的。即使同一人，在不同时期，也会有不同看法。晋时陶潜《责子》诗："白发被两鬓，肌肤不复实。虽有五男儿，总不

① 《燕京诗刊》第 31 期，2016 年 5 月，第 53 页。
② 《唐诗鉴赏辞典珍藏本》，上海辞书出版社 2012 年版，第 1049 页。
③ 参见陶敏等校注：《韦应物集校注》，上海古籍出版社 1998 年版，第 38—39 页。

好纸笔。阿舒已二八，懒惰故无匹。阿宣行志学，而不爱文术。雍端年十三，不识六与七。通子垂九龄，但觅梨与栗。天运苟如此，且尽杯中物。"唐杜甫《遣兴》批评说："陶潜避俗翁，未必能达道。观其著诗篇，颇亦恨枯槁。达生岂是足，默识盖不早。有子贤与愚，何其挂怀抱。"宋代黄庭坚说："观渊明此诗，想见其人慈祥戏谑可观也。俗人便谓渊明诸子皆不肖，而渊明以愁叹见于诗耳。"清代张廷玉认为：杜甫贬渊明，"盖正论也"。而黄庭坚"此言得乎情理之正"。"渊明襟怀旷达，高出尘壒（埃）之表。大抵诸子郎皆中人之资，期望甚切，稍不满意，遂作贬词耳。况雍端年甫十三，通子方九龄，过庭之训尚浅，未可遽以不肖目之也。"① 张廷玉所言，可谓融通之见，实具慧眼。

22. 李白曾谓陶潜："龌龊东篱下，渊明不足群。"② 后来又谓："何日到彭泽，长歌陶令前。"③ 认为陶有龌龊不足群一面，也有令人敬仰一面。这与李白前后不同经历有关。

23. 苏轼青壮年时期亦不喜陶诗，被贬后特爱陶诗，甚至每天读一首，唱和一首。认为陶诗"外枯而中膏"，"质而实绮，

① 张廷玉：《澄怀园语》，见《父子宰相家训》，安徽大学出版社 2015 年第 3 版，第 231—232 页。
② 李剑锋：《从不入流到第一流》，《光明日报》2017 年 10 月 30 日，第 13 版。
③ 钟书林：《陶渊明的另一面》，《光明日报》2017 年 10 月 30 日，第 13 版。

癯而实腴"。说"吾于诗人无所甚好，独好渊明之诗"①。陶诗"自曹、刘、鲍、谢、李、杜诸人，皆莫及也"。苏学陶崇陶，甚至"以陶自许"②。

24. 白居易也爱陶渊明诗："常爱陶彭泽，文思何高玄。又怪韦江州，诗情亦清闲。"③"怪"犹爱怜。作《效陶潜体诗十六首并序》《访陶公旧宅并序》。他说他"夙慕陶渊明为人"④，"因咏陶渊明诗，适与意会"⑤。《访陶公旧宅》诗中说："我生君之后，相去五百年。每读五柳传，目想心拳拳。昔常咏遗风，著为十六篇。"⑥

25. 龚自珍把陶渊明比作诸葛亮和屈原："陶潜酷似卧龙豪，万古浔阳松菊高。莫信诗人竟平淡，二分梁甫一分骚。"

26. 钟嵘《诗品》认为，陶诗艺术成就极高。昭明太子萧统《文选》，"望陶亦圣贤"。钱钟书《谈艺录》说："渊明在六代三唐，正以知稀为贵"，"渊明文名，至宋而极。"⑦

---

① 钟书林：《陶渊明的另一面》，《光明日报》2017年10月30日，第13版。
② 李剑锋：《从不入流到第一流》，《光明日报》2017年10月30日，第13版。
③ 王汝弼选注：《题浔阳楼》，见《白居易选集》，上海古籍出版社1980年版，第194页。
④ 袁行霈主编：《白居易诗选》，商务印书馆2016年12月版，第141页。
⑤ 袁行霈主编：《白居易诗选》，商务印书馆2016年12月版，第101页。
⑥ 袁行霈主编：《白居易诗选》，商务印书馆2016年12月版，第141页。
⑦ 李剑锋：《从不入流到第一流》，《光明日报》2017年10月30日，第13版。

27. 唐代诗人徐寅《猿》："宿有乔林饮有溪，生来踪迹远尘泥。不知心更愁何事，每向深山夜夜啼。"当代画家韩美林，在其画中题写这首诗。托物抒情，古今若同。

28. 王怀让①一首诗。1995 年秋，抗日战争胜利 50 周年之际，河南省济源市委市政府在五龙口镇竖立"朱德司令出太行"纪念碑，诗人王怀让作《五律·祝"朱德出太行纪念地"树碑》："天地浩然气，骏马出太行。一身铁与血，两肩风和霜。古道花不败，新秋果正香。单刀赴洛水，把酒笑东洋。"②这首诗意境开阔，天地古今，骏马铁血，浩然正气，秋果芬芳，清新感人，读而难忘。尽管平仄未全合律，但诗意不受影响。其诗不必标称"五律"。

29. 朱德《出太行》："群峰壁立太行头，天险黄河一望收。两岸烽烟红似火，此行当可慰同仇。"③气象恢宏。1940 年 4 月 25 日，朱德携夫人康克清等，遵照中共中央要求，离开太行山区八路军总部，穿过一道道日军封锁线，准备经洛阳赴重庆与蒋介石谈判。5 月初抵达济源县，夜宿太行山尽头刘坪，随赋

① 王怀让（1942—2009），河南人，河南大学中文系毕业，曾任河南日报文艺处处长、高级编辑、报社社委、河南省作协副主席、河南省诗会会长。诗作 5000 多首，出版诗词集、杂文集、散文集等多部。
② 袁小伦：《朱德〈出太行〉绝句及其战友和诗》，《党史纵览》2011 年第 10 期，第 16 页。
③ 中央文献研究室编：《朱德年谱》（中），中央文献出版社 2006 年 11 月版，第 960 页。

此诗。时境移人，感遇生情。朱德素有雄心壮志，出太行即兴抒怀。

30. 苏轼赞文长老诗。程千帆老眼昏花时，想起苏轼赞文长老诗"山中老宿依然在，案上《楞严》已不看"，认为其"体会之深，真不可及"①。很有味道。这表明他们都有一定的修行，没有忘记自己的身体和年龄，深知顺应自然而养生。白居易早年即注意身体年龄，每长一岁，诗中都有记载。人应节制阅读，老年尤须节制，既是为思考或做事或休闲，更是为健康长寿，顺应自然发展规律。

31. 1958 年，陕西农民匡荣归写诗："天上没有玉皇，地上没有龙王，我就是玉皇，我就是龙王，喝令三山五岳开道，我来了。"曾在《人民文学》发表，后来被编入小学课本。其气概，其浪漫主义精神，影响过不少人。民歌来源于现实生活，有许多鲜活诗质，更有时代特色。

32. 鲁迅诗一首："从来一别又经年，万里东风送客船。我有一言应记取，文章得失不由天。"20 世纪 80 年代，曹靖华（鲁迅的学生和挚友）将这首诗抄录给儿子和儿媳，勉励他们"事在人为"，遇到困难要设法克服，不要怨天尤人②。其用意，

---

① 徐有富：《把失去的时光夺回来——程千帆的诗意人生》，《中国社会科学报》2013 年 7 月 19 日。
② 《新华文摘》2011 年第 14 期，第 107 页。

都是要人自觉修为。这是积极向好的一面。但就文章及诗词得失而言，也有由天的一面，不宜勉强为之。

33. "思无邪"还是"思无涯"？孔子曰："诗三百，一言以蔽之，'思无邪'。"诗三百，并非都纯正无邪，如："郑声淫"。"邪"是否"雅"字？"邪"字古有"雅"音，"雅"是否通"涯"？"思无涯"，更可概括诗三百。《传习录》："问'思无邪'一言，如何便盖得三百篇之义？""先生曰：岂特三百篇，六经只此一言便可该贯，以致穷古今天下圣贤的话，'思无邪'一言也可该贯。此外更有何说？此是一了百当的功夫。"① 一家之言，似有点牵强。《诗·鲁颂》有"思无疆、思无期、思无斁、思无邪"，朱熹认为："思无疆，言其思之深广无穷也。""无期，犹无疆也。""斁②，厌也。""孔子曰：'诗三百，一言以蔽之，曰：思无邪'。盖诗之言，美恶不同，或劝或惩，皆有以使人得其情性之正。然其明白简切，通于上下，未有若此言者。故特称之，以为可当三百篇之义，以其要为不过乎此也。学者诚能深味其言，而审于念虑之间，必使无所思而不出于正，则日用云为，莫非天理之流行矣。"并注："苏氏曰：'昔之为诗者，未必知此也。孔子读诗至此，而有合于其心焉，是以取之，盖断章云尔。'"③ "无期，犹无疆"；"无斁"，无厌，也犹无疆。"无邪"，似亦"犹无疆"，即无涯也。

---

① （明）王阳明：《传习录》，江苏古籍出版社2001年6月版，第269—270页。
② 斁：yì，厌弃，繁盛；又读dù，败坏。
③ （宋）朱熹：《诗集传》，中华书局2011年版，第318页。

34.《论语·子罕》最后一则："唐棣之华，偏其反而。岂不尔思？室是远而。"子曰："未之思也，夫何远之有？"杨伯峻用现代汉语翻译为："唐棣树的花，翩翩地摇摆。难道我不想念你？因为家住得太遥远。"孔子道："他是不去想念哩，真的想念，有什么遥远呢？"杨伯峻进一步注释："唐棣之华，偏其反而"似是捉摸不定的意思，或者和颜回讲孔子之道"瞻之在前，忽焉在后"意思差不多。"夫何远之有"可能是"仁远乎哉？我欲仁，斯仁至矣"的意思。或者当时有人引此诗（这是"逸诗"，不在今《诗经》中），意在证明道之远而不可捉摸，孔子则说，你不曾努力罢了，其实是一呼即至的①。钱穆《论语新解》说"此章言好学，言求道，言思贤，言爱人，无指不可。中国诗妙在比兴，空灵活泼，义譬无方，读者可以随所求而各自得。而孔子之说此诗，可谓深而切，远而近矣"。钱穆真是深知诗之为诗者，但是，虽然"读者可以随所求而各自得"，诗还是各有原意的，否则就不会有诗了。诗之原意难求，而又因比兴灵活，含蓄多义，所以前人有"诗无达诂"之说。针对上述逸诗，鲍鹏山认为："古人很浪漫，多情而且深情。孔子眼睛盯着这几句诗，心中默念着这几句诗，他是多么喜欢这样天真活泼的爱情啊！于是，他说，你真想他（她），你就千万里千万里地去追寻他（她）呀！嫌远，还不是真思念嘛。""这是幽默，但是，不懂诗，不懂诗人的情怀，不能进入诗歌的意境，不被诗歌中的情怀和意境感动和触动，又

---

① 参见杨伯峻：《论语译注》，中华书局 1980 年 12 月版，第 96 页。

怎么能有如此幽默！"他只是想说："夫子如此感性啊！"而且
认为："孔子也是一个诗人"，"孔子和老子一样智慧幕天席地，
和孟子一样气质至大至刚。但是，比起老子孟子，孔子多了一
些诗意。""老子是理性的，理性到波澜不起，哀乐不生，心如
古井，冷静到冷酷，客观到旁观，抽象到无象，所以令人生畏，
读《道德经》，凛然悚然。孟子激情四溢，豪情万丈，浩然之
气，充塞天地，果然一时丈夫万世豪杰，但他锋芒毕露，咄咄
逼人，不屈不挠，不枝不蔓，比之孔子，蕴藉气象稍逊一筹，
温敦气质似少三分。"① 徐树铮熟读孟子，杨振宁熟读孟子，其
为人亦如孟子，锋芒毕露，咄咄逼人，不屈不挠，不枝不蔓，
稍逊蕴藉与温敦。徐、杨，也是深懂诗的，很有诗意并有许多
创作。

35. 江上青赠王尔宜《如梦令》："羡煞王郎年少，镇日风
尘催老。天冷客窗寒，翻作相思情调。天晓，天晓，莫被虚名
误了。"② 格调很好，亦有哲理。

36. 吕叔湘："文章写就供人读，何事苦营八阵图。洗尽铅
华呈本色，梳妆莫问入时无。"历史学家蔡美彪喜欢这首诗，并

---

① 鲍鹏山：《圣人的感性》，《光明日报》2013 年 7 月 10 日，第 12 版。
② 据《王尔宜日记》记载，此词写于 1939 年初（尚在冬季）。抗战初期，王尔
宜是一位受过高等教育的爱国青年，被国民党政府委任为泗县县长，盛子瑾坚决
不让他干，他很沮丧。江上青因而赠他《如梦令》，有劝勉之意。庞振月：《回忆
欧远方关于江上青烈士的一段谈话》，《华夏纵横》2012 年第 1 期，第 49 页。

能随时脱口背诵，视作为人治学写作的典型①。以学术为生的人，不同于其他职业的人，不同于军事家、政治家、外交家、社会活动家等，应该有这种境界。

37. 张宗祥《登吴山》诗句："乱峰终古青无语，匹马何人立晚风！"令人读后如入其境，身受感同。《题画梅》亦有特立独行之处，"最爱孤山雪后来，野梅几树水边栽。着花不过两三朵，独向人间冷处开"②。"栽"字似可商榷，既是"野梅"，怎么用"栽"？

38. 乾隆的诗，至少有一万多首（据《历代帝王诗》编者陆钦先生讲，有4万多首），至今被人记得的很少。但其中有些诗句还是让人回味，如游香山诗，"素志托清旷，遐瞩极空阔"，"不问高低寺，钟声处处同。耳根初静后，禅悦小参中"，"将谓最高处，更有无穷境"，"敬仰留题意，乾坤方寸中"。又（住香山虚朗斋时），"澹泊志乃虚，宁静视斯朗。川云共啸咏，天地任俯仰。隐几极目清，披襟满意爽。惟其无一物，是故含万象"。又"我到香山如读书，日新境会领徐徐"。2012年8月31日上午，民到香山永安寺遗址，阅览其宣传板，并看到有几位老年人在那里习经，进而有感："今我登临处，前人已踏临。原来繁锦铺，现已化成尘。人类生活代有法，前朝也许胜今春。"

① 庄建：《蔡美彪：洗尽铅华呈本色》，《光明日报》2012年8月6日，第5版。
② 两首诗句均见王学海：《作为诗人和文学史家的张宗祥》，《中国社会科学报》2012年8月10日文学版。

39. 旧题汉代苏武诗："……我有一樽酒，欲以赠远人。愿子留斟酌，叙此平生亲。"[1] 传说苏武和李陵相别时作。苏轼疑是伪作，至今仍有争议。唐代韦应物，"今朝衙斋冷"，与其意相通。

40. 胡适，"偶然写了懒僧诗，我本无意你莫疑。树下六年枯寂坐，圣人辛苦为人时。　小诗答陈器伯　适之　三十七年十一月十八日"。近代史所档案馆阅览室，悬挂胡适手书的这首诗，盖教人安心做学问，或亦有自勉自励之意。

41. 越南人、朝鲜人、日本人写的汉体诗，和中国人写的汉体诗，几乎没有什么两样。如越南黎朝（1428—1789）诗人黎荐的七律诗《寄友》："乱后亲朋落叶空，天边书信断征鸿。故园归梦三更雨，旅舍吟怀四壁虫。杜老何曾忘渭北，管宁犹自客辽东。越中故旧如相问，为道生涯似转蓬。"《漫兴》："朴散淳离圣道湮，吾儒事业寂无闻。逢辰不作商岩雨，退老息耕谷口云。每叹百年同过客，何曾一饭忍忘君。人生识字多忧患，坡老曾云我亦云。"《海口夜泊有感其一》："湖海年来兴未阑，乾坤到处觉心宽。眼边春色熏人醉，枕上潮声入梦寒。岁月无情双鬓白，君亲在念寸心丹。一生事业殊堪笑，赢得虚名落世间。"《海口夜泊有感其二》："一别江湖数十年，海门今夕系吟船。波心浩渺澹洲月，树影参差浦淑烟。往事难寻时

---

[1]　转引自黄金贵：《斟酌》，《中国社会科学报》2016 年 7 月 5 日，第 3 版。

易过，国恩未报老堪怜。平生独报先忧念，坐拥寒衾夜不眠。"家国之忧，离乱之情，跃然纸上。且明显受到中国传统文化影响。平仄、对仗、押韵，严整而合格律。黎朝后期诗人，李子晋的七律诗《元旦作》《夏日》《初秋》《和祭酒武公冬夜读书有感》（略）等①，亦大体如此。

42. 朝鲜半岛人诗集中，曾有不少汉体诗。如《咏渔父绝句》："人世险巇君莫笑，自家身在激流中。"亦隽永可味②。"手把李白杯，口咏苏赤壁"；"醉里犹吟赤壁赋，更随明月上孤舟"；"追忆先生四百年，赤壁风月还依然"③等诗句，都让人含味。

43. 日本汉体诗更多。如日本中世（12 世纪末至 17 世纪初）的五山禅僧，受中国《诗经》影响而写的诗：中严圆月《田中寺书所见》："负郭云连二顷秋，田中寺静客怀幽。闲乘凉色步莎砌，无限螽斯跃出头。"《和祖东传》（二首之一）："西方有美人，德音远叹嗟。想立东篱下，三嚘（咽）采其花。"④

---

① 详见严明：《越南古代七律诗初探》，《学术界》2012 年第 9 期，第 50—61 页。
② 张廷玉：《澄怀园语》，见《父子宰相家训》，安徽大学出版社 2015 年第 3 版，第 145 页。
③ 许宁：《朝鲜半岛文坛的东坡情结》，《光明日报》2019 年 8 月 12 日，第 13 版。
④ 张永平：《五山禅僧对〈诗经〉的讲传》，《光明日报》2019 年 11 月 4 日，第 13 版。

44. 罗隐的诗①有历史感，并含哲理，启人心智。《隋堤柳》："夹路依依千里遥，路人回首认隋朝。春风未惜宣华意，犹费工夫长绿条。"②历史感与发展观，让人感叹，并对隋朝有点怀念。可以参照阅读白居易《隋堤柳》："隋堤柳，岁久年深尽衰朽，风飘飘兮雨萧萧，三株两株汴河口。……西自黄河东至淮，绿影一千三百里。……二百年来汴河路，沙草和烟朝复暮。后王何以鉴前王？请看隋堤亡国树。"两相比较，各胜一筹。

45. 罗隐《蜂》："不论平地与山尖，无限风光尽被占。采得百花成蜜后，为谁辛苦为谁甜？"③联系人生，有触而感。《牡丹》："似共东风别有因，绛罗高卷不胜春。若教解语应倾国，任是无情亦动人"，"公子醉归灯下见，美人朝插镜中看。当庭始觉春风贵，带雨方知国色寒。"春意浓浓，情意浓浓；深含自然哲理，让人咀华含英。有研究者认为，毛泽东圈点、批注、手书罗隐诗最多，喜吟其名句："时来天地皆同力，运去英雄不自由。"④契合唯物主义。

---

① 罗隐（833—909），字昭谏，新城（今浙江富阳）人。约与韦庄（约836—910）、杜荀鹤（846—904）等同为晚唐诗人。他是晚唐杰出文学家、思想家，诗作殊具艺术性、思想性。咏历史人物之作有《始皇陵》《董仲舒》《韩信庙》《王濬墓》《西施》等。咏物有《隋堤柳》《蜂》《柳》等。
② 孙琴安：《唐人七绝选》，陕西人民出版社1982年版，第262页。
③ 孙琴安：《唐人七绝选》，陕西人民出版社1982年版，第263页。
④ 严明：《中国文学创新研究的基石——评李定广教授〈罗隐集系年校笺〉》，《学术界》2013年第12期，第228—229页。

46. 木实繁。《战国策·秦策三》有诗曰："木实繁者披其枝，披其枝者伤其心；大其都者危其国，尊其臣者卑其主。"诗中之心，盖谓树干及其根本。原诗无题，张景依照惯例，取其前三字"木实繁"作题，并认为这首诗"是现存最早最完整的七言诗"[①]，"写作年代大致在西周晚期至公元前300年"[②]。李娜认为《木实繁》并非最早最完整的七言诗[③]。

47. 在元代文学作品中，元曲、元杂剧最具代表性，因其特色鲜明，受到后来读者的高评。元代的诗，没有引起充分的注意，但也有许多值得记忆的。

48. 耶律楚材《湛然居士文集》[④]，多半为诗，具有史料价值、文学价值、人物思想文化价值，还有地理环境、风俗习惯、人情研究之价值。其《怀古一百韵》，历数中国朝代兴衰及其家族命运，"非徒作已，使世人知成败之可鉴，出世之人识兴废之不常也"。并作《示忘忧》："历代兴亡数张纸，千年胜负一盘

---

① 张景：《〈木实繁〉是现存最早最完整的七言诗》，《中国社会科学报》2013 年 11 月 22 日。
② 张景：《再论〈木实繁〉是最早七言诗——与李娜商榷》，《中国社会科学报》2014 年 5 月 26 日。
③ 李娜：《〈木实繁〉并非最早最完整的七言诗》，《中国社会科学报》2014 年 3 月 7 日。
④ 耶律楚材（1190—1244），契丹族，其八世祖是创建辽的东丹王突欲，父亲是金章宗时期的尚书右丞耶律履。一周岁之际，父亲去世（63 岁），母亲精心抚育，学习汉字汉诗汉文。金灭亡后，楚材被成吉思汗征用，随军征战至西域直至结束。忽必烈掌国后，楚材受到重用。他主张"以儒治国，以佛治心"。元代初期的规制，一出其手。忽必烈去世后，楚材备受冷落，郁郁而终。

棋。因而识破人间梦，始信空门一著奇。"①

49. 耶律楚材随成吉思汗西征期间，数次抒发对亲友之深切思念，润人心田。如 1222 年《思亲有感二首》："游子棲迟久不归，积年温清阙慈闱。囊中昆仲亲书帖，箧内萱堂手制衣。黄犬不来愁耿耿，白云空望思依依。欲凭鳞羽传安信，绿水西流雁北飞。""伶仃万里度西陲，壮岁星星两鬓丝。白雁来时思北阙，黄花开日忆东篱。可怜游子投营晚，正是媚亲依户时。异域风光恰如故，一消魂处一篇诗。"《思友人》，"落日萧萧万马声，东南回首暮云横。金朋兰友音书绝，玉轸朱弦尘土生。十里春风别野店，五年秋色到边城。云山不碍归飞梦，夜夜随风到玉京"②。

50. 耶律楚材又《思亲二首》，其二说："昔年不肯卧茅庐，赢得飘萧两鬓疏。醉里莫知身是蝶，梦中不觉我为鱼。故园屈指八千里，老母行年六十余。何日挂冠辞富贵，少林佳处卜新居。"③ 此外还有些诗思亲。

51. 大约 1235 年，儿子耶律铸 15 岁时，耶律楚材《为子铸作诗三十韵》说："皇祖辽太祖，奕世功德积。弯弓三百钧，天威威万国。一旦义旗举，中原如卷席。东鄙收句丽，西南穷九

① 《湛然居士文集》，中华书局 1986 年版，第 262 页。
② 《湛然居士文集》，中华书局 1986 年版，第 31—32 页。
③ 《湛然居士文集》，中华书局 1986 年版，第 132—133 页。

译。古器获轩鼎，神宝得和璧。南陬称子孙，皇业几三百。赫赫东丹王，让位如夷伯。藏书万卷堂，丹青成画癖。四世皆太师，名德超今昔。我祖建四节，功勋冠黄阁。先考文献公，弱冠已卓立。学业饱典坟，创作《乙未历》。入仕三十年，庙堂为柱石。重义而疏财，后世遗清白。"希望儿子以祖先为榜样，"孜孜进仁义，不可为无益"。要熟读经史，深思言行，自强不息①。

52. 耶律楚材写生平与感受之诗，情浓、意足、思深、旨远。如《继武善夫韵》："老子年来酷爱闲，不堪白发映苍颜。十年兴废悲歌里，半世干戈寤寐间。北阙欲辞新凤阁，东州原有旧闾山。熊经鸟引聊终老，岩下疏松正好攀。"②《感事四首》一说："富贵荣华若聚沤，浮生浑似水东流。仁人短命嗟颜氏，君子怀疾叹伯牛。未得鸣珂游帝阙，何能骑鹤上扬州。几时摆脱闲缰锁，笑傲烟云永自由。"二说："当年元拟得封侯，一误儒冠入士流。……未能离欲超三界，必用麾旌混九州。致主泽民元素志，陈书自荐我无由。"三说："得不欣欣失不忧，依然不改旧风流。深藏凤璧无投鼠，好蓄龙泉候买牛。山寺幽居思少室，梅花归梦绕扬州。萱堂温清十年阙，负米供亲愧仲由。"四说："人不知予我不尤，濯缨何必捡清流。良材未试聊耽酒，利器深藏俟割牛。旧政欲传新令尹，新朝不识旧荆州。眉山云

---

① 《湛然居士文集》，中华书局1986年版，第270—271页。
② 《湛然居士文集》，中华书局1986年版，第219页。

迈归商路，痛恪新诗寄子由。"① 诗中充溢怀才不遇而向往自由的感慨与思想。他《寄用之侍郎》诗序中说："用之侍郎遗书，诫以无忘孔子之教。予谓穷理尽性莫尚佛法，济世安民无如孔教。用我则行宣尼之常道，舍我则乐释氏之真如，何为不可也！"因作诗见意："蓬莱怜我寄芳笺，劝我无忘仁义先。几句良言甜似蜜，数行温语暖于绵。从来谁识龟毛拂，到底难调胶柱弦。用我必行周孔教，舍予不负万松轩。"②

53. 耶律楚材与郑景贤（三皇子窝阔台的医官兼顾问）赠和之诗多达 75 首，和丘处机也有不少唱酬。

54. 耶律楚材受成吉思汗信任和器重时，曾以调和鼎鼐的丞相自称，"自愧备员调鼎鼐，不知何事谬阴阳"③。但不如意时又发出"归去不从陶令请，知音未遇孟尝君"④。

55. 耶律楚材《题七真洞》有历史沧桑感、人生命运感："花界倾颓事已迁，浩歌遥望意茫然。江山王气空千劫，桃李春风又一年。　　横翠嶂，架寒烟。野畴平碧怨啼鹃。不知何限人

---

① 《湛然居士文集》，中华书局 1986 年版，第 104—105 页。
② 《湛然居士文集》，中华书局 1986 年版，第 130 页。
③ 姜正成编著：《奠基蒙元——耶律楚材》，中央编译出版社 2014 年版，第 84 页。
④ 姜正成编著：《奠基蒙元——耶律楚材》，中央编译出版社 2014 年版，第 83 页。

间梦，并触沉思到酒边。"① 章法谨严，意味深长！可与前面《示忘忧》参读。

56. 元朝初期，写诗品诗成为一些文人的心灵寄托。释善住《春夜杂兴十八首》末首说："辩才已老犹临帖，子美虽贫不费诗。最是世间清胜事，此中风味少人知。"陈基《次韵答陆养正》："千树好花闲对酒，一帘春雨细对诗。"丁鹤年《雨窗宴坐与表兄论作诗写字之法》诗："南窗薄暮雨如丝，茗碗熏炉共论诗。天趣悠悠人意表，忘言相对坐多时。"有研究者认为，元代诗学独特之处有三：一是"不依附于政治的人生价值和独立不倚人格精神的诗学主张。在元代一部分文人的观念中，诗人和诗歌都是独立的，诗为我而作，诗是写心的"。元代贡师泰认为："富贵可以知力求，而诗固有难言者矣。……清词妙句在天地间，自有一种清气，岂知力所能求哉？"二是"理学推进诗学发展。""元代诗论家论自然，以为有天地之自然，有人心之自然"，诗学的"自然"概念大大丰富。三是元代西北子弟"舍弓马而事诗书"，形成西域诗人群——这验证了"学问变化气质"的理论②。

① 夏承焘、张璋编选：《金元明清词选》上，人民文学出版社 1983 年版，第 97 页。
② 查洪德：《不该被遗忘的元代诗学》，《中国社会科学报》2014 年 7 月 18 日，B01 版。

57. 慎解古人诗文。张廷玉说："注解古人诗文者，每牵合附会以示淹博，是一大病。古人用事（引用典故）用意，有可以窥测者，有不可窥测者。若必欲强勉著笔，恐差之毫厘，失之千里，不可不慎也。"[1] 民有同感。

58. 唐·陈玉兰《寄衣》诗："夫戍边关妾在吴，西风吹妾妾忧夫。一行书信千行泪，寒到君边衣到无？"情挚意切，感人至深！

59. 五代十国时期（唐末至宋初约半个世纪），后蜀花蕊夫人《国亡》诗，为另一番情义："君王城上竖降旗，妾在深宫哪得知？十四万人齐解甲，更无一个是男儿。"有巾帼不让须眉之气。宋太祖及诗人陈师道、薛雪等欣赏此诗[2]。

60.《圈儿词》："相思欲寄无从寄，画个圈儿替。话在圈儿外，心在圈儿里。单圈儿是我，双圈儿是你。你心中有我，我心中有你。月缺了会圆，月圆了会缺。整圆儿是团圆，半圈儿

---

① 张廷玉：《澄怀园语》，见《父子宰相家训》，安徽大学出版社2015年第3版，第151页。

② （宋）陈师道：《后山诗话》："费氏，蜀之青城人，以才色入蜀宫，后主嬖之，号花蕊夫人。效王建作宫词百首。国亡，入备后宫。太祖闻之，招使陈诗，诵其《国亡》诗……太祖悦。盖蜀兵十四万，而王师数万尔。"薛雪《一瓢诗话》谓花蕊夫人"如其得知，又将如何？"其诗落句"何等气魄，何等忠愤！当令普天下须眉，一时俯首"。见《原诗·一瓢诗话·说诗晬语》第132、171页。

是别离。我密密加圈，你须密密知我意。还有数不尽的相思情，我一路圈儿圈到底。"这是宋代词人朱淑真，"模拟一位不识字女子，借助'〇'的象征意义，来表达对夫君的思念"①的作品。也有人认为，实际是咏月诗的形象化表达，是抽象画的另一种形态。诗人的幽默含蓄风趣，演绎得淋漓尽致。

61. 于右任诗词，朴实而深含情理。如《黄河北岸见渔翁立洪流中》："劳者无名逸有功，便宜毕竟属英雄。世人都道河鱼美，不见渔翁骇浪中。"《西伯利亚杂诗》句："人情物理无中外，惆怅他乡忆故乡。"《黄海杂诗》："沧海横流赋不清，为谁风雨为谁晴？"② 于右任极有诗性，有雄心壮志，有圣贤家国情怀，并有诗云："不为汤武非人子，付与河山是泪痕。"

62. 王维诗句："江流天地外，山色有无中。"气象广阔，融于心胸。

63. 李白："长相思，在长安……长相思，摧心肝。"白居易："思悠悠，恨悠悠，恨到归时方始休，月明人倚楼。"志士之词，思归之词，精神寄托之词，目标远致之词。节奏自然和谐，境界清高迤逦。

---

① 王兆贵《零非"〇"》，《光明日报》2017年8月18日，第16版。
② 《于右任诗词集》，湖南人民出版社1984年版，第140、146、141页。

64. 诗骚词曲，形式虽异，内容如一。抒情言志，载物记事。

65. 齐白石诗："苦把时光换画禅，功夫深处见天然。等闲我被鱼虾误，负却龙泉五百年。"（"时光"一作"流光"）"见"应读"现"，是"风吹草低见牛羊"之"见"。前人道"诗有别趣"或"诗有别意"，白石此诗，亦堪当之。"鱼虾"可解为白石所绘鱼虾，也可解为小人；"龙泉"可解为龙泉剑，也可解为巨龙所在之深潭大渊。白翁真乃高人！有高山大海胸怀。齐白石（1864—1957），湖南湘潭人。

66. 王维《山中送别》："山中相送罢，日暮掩柴扉。春草明年绿，王孙归不归？"此诗抒发送别友人之情，质朴真挚传神，前人有谓"得汉魏和缓气"，诚然如此。20世纪大部分时间，中国欠缺和缓气。战乱频仍，物质匮乏，精神涣散，政治斗争，阶级斗争，天灾人祸，社会不宁，哪来和缓气？《楚辞》有句："王孙游兮不归，春草生兮萋萋。"

67. 纳兰性德《采桑子·当时错》："而今才知当时错，心绪凄迷。红泪偷垂，满眼春风百事非。情知此后来无计，强说欢期。一别如斯，落尽梨花月又西。"这种"满眼春风百事非"，"一别如斯，落尽梨花月又西"情致，难得写出。而欧阳修"笙歌散尽游人去，始觉春空"，则又一境界。纳兰性德"深秋绝塞谁相忆，木叶萧萧。乡路迢迢，六曲屏山和梦遥。佳时倍惜风光别，不为登高，只觉魂销。南雁归时更寂寥"。这种"倍惜风光"，"不为登高，只觉魂销"的情境，也相当别致。

68. 知言：1. 有见识的话，懂得言语与事实和人际关系利害的话。2. 善于辨析言辞，理解其真实含义。孔子曰："不知命，无以为君子也；不知礼，无以立也；不知言，无以知人也。"[①]《孟子》（公孙丑问曰）"敢问夫子恶乎长？"曰："我知言，我善养吾浩然之气。""敢问何谓浩然之气？"曰："难言也。其为气也，至大至刚；以直养而无害，则塞于天地之间。其为气也，配义与道；无是，馁矣。""何谓知言？""诐辞知其所蔽，淫辞知其所陷，邪辞知其所离，遁辞知其所穷。"[②] 知诗，亦是知言。

69. 读诗。前人好诗多矣，不能尽读，只能选读。读诗要用心，要以意逆志；要有想象力，设身处地去想。

70. 好诗不厌百回读。默读、朗诵、吟诵、含味均可。有兴趣，反复读，慢慢读，不仅理解和体会其意，还要懂其表达艺术。有人说："读诗时，在情感和价值的背后，还要揣摩诗的语言。""诗歌需要慢慢去品，在慢慢品味的过程中，才能辨别出真假诗人，才能体会诗歌的高尚与低劣。唯其如此，我们才

---

①　杨伯峻：《论语译注》，中华书局 1980 年版，第 211 页。
②　杨伯峻：《孟子译注》（上），中华书局 1960 年版，第 62 页。

能向真正的诗人致敬。"① 这是经验之言。

71. 余光中《黄河一掬》，多么深情，多么真挚；亦拜亦祭，如歌如诗。他经过 70 多年，越过不少艰险，终于亲手触摸到黄河。在触摸到黄河的一刹那，他无限感慨：古老的黄河，从史前的洪荒里流过来，已经奔波几亿年了，"绕河套、撞龙门、过英雄进进出出的潼关……从斛律金的牧歌李白的乐府里日夜流来，你饮过多少英雄的血、难民的泪，改过多少次道啊发过多少次泛涝，二十四史，那一页没有你浊浪的回声？几曾见天下太平啊让河水终于澄清？""不到黄河心不死，到了黄河又如何？……至少我已经拜过了黄河，黄河也终于亲认过我。"他"从衣袋里掏出一张自己的名片，对着滚滚东去的黄河，低头默祷了一阵，右手一扬，雪白的名片一番飘舞，就被起伏的浪头接去了"。当他穿着带有黄河滩泥土的鞋回到台湾高雄的时候，他才把泥土刮尽，珍藏在一个名片盒里。"从此每到深夜，书房里就传出隐隐的水声。"一种寻根问祖的情怀，涛然澎湃。

72. 余光中《黄河一掬》还写道："华夏子孙对黄河的感情，正如胎记一般地不可磨灭。""从诗经到刘鹗，哪一句不是黄河奶出来的？""龚自珍《己亥杂诗》不也说过么：'亦是今

---

① 杨华：《好诗还需慢慢品——读诗集〈北色苍茫〉》，《光明日报》2017 年 5 月 10 日，第 12 版。

生未曾有，满襟清泪渡黄河。'他的情人灵箫怕龚自珍耽于儿女情长，甚至用黄河来激励须眉：'为恐刘郎英气尽，卷帘梳洗望黄河。'"

73. 刘心武散文《人在风中》："风来不可抗拒，有时也毋庸抗拒。风有成因。风既起，风便有风的道理。有时也无所谓道理。风就是风，它来了，也就预示着它将去。"① 这实质上不就是诗？既有哲理，亦有诗意。他还问那位"装扮十分时髦"的"妙龄少女"："可你为什么就非得让时尚裹挟着走呢？"这个问题问得好！那少女回答："时尚是风。无论迎风还是逆风，人总免不了在风中生活。"② 刘心武因此想了很多，真是耐人寻味。

74. 冯至（1905—1993），河北涿州人。1928 年作长诗《北游》，"独立苍茫自咏诗"，用"荒原"象征他经历的社会。他有高尚的思想境界，著有《杜甫传》《十四行集》等。

75. 白话诗，几乎历代都有。《诗经》中有，唐代亦有。唐代金昌绪《春怨》："打起黄莺儿，莫教枝上啼，啼时惊妾梦，不得到辽西。"贾岛《寻隐者不遇》："松下问童子，言师采药去，只在此山中，云深不知处。"这不就是白话诗吗？不生动感

---

① 《中国社会科学报》2017 年 1 月 19 日，第 6 版。
② 《中国社会科学报》2017 年 1 月 19 日，第 6 版。

人吗？李白《静夜思》，贺知章《回乡偶书》，骆宾王《咏鹅》等，不亦如此吗？这些应该就是唐代的白话诗。白居易的白话诗更多。

76. 机器人诗。机器人能够写诗，已经闯入人类精神世界。但是机器人的诗，毕竟没有自然人的经历。真正的精神世界，仍然是人类的。写诗的自然人，最知道自己的诗意，那是与自身经历联系在一起的。人类智能的"情感计算"，微软公元2000年前已经开始。目前，机器人写诗，还处在初期。

77. 汪曾祺心目中的评论家："先要投入感情，其次才是道理，评论要跟鉴赏结合起来，行文得讲究个活泼生动，得有点文学语言，得有点幽默感，反感从理论到理论，干巴巴的，评论文章应该也是一篇很好的散文。"①

78. 阅《近三百年名家词选》。词贵雄奇壮美，和平敦厚。豪放与婉约次之。刚强胜柔弱，柔弱胜刚强，因时因地因人因事而异。温文尔雅，胜粗鄙庸俗。过于雕琢，不如质朴。各随其境，各有其用。

79. "大将筹边尚未还，湖湘子弟满天山；新栽杨柳三千

---

① 翁丹丹：《"味道"中自有"味道"》，《光明日报》2017年8月3日，第16版。

里，引得春风度玉关。"① 很有气势。"引得春风度玉关"，远比
"春风不度玉门关"好。

80. 有人认为，辛弃疾"我见青山多妩媚，料青山见我应
如是"，自李白《独坐敬亭山》脱胎而来，并认为，"这种永恒
的孤独与联系，大约是天才诗人、词人们所独有的"②。辛弃疾
《贺新郎·甚矣吾衰矣》词："甚矣吾衰矣。怅平生、交游零落，
只今余几！白发空垂三千丈，一笑人间万事。问何物、能令公
喜？我见青山多妩媚，料青山、见我应如是。情与貌，略相似。
一尊搔首东窗里。想渊明、《停云》诗就，此时风味。江左沉
酣求名者，岂识浊醪妙理。回首叫、云飞风起。不恨古人吾不
见，恨古人不见吾狂耳。知我者，二三子。"词前有小序："邑
中园亭，仆皆为赋此词。一日，独坐停云（堂），水声山色，
竞来相娱。意溪山欲援例者，遂作数语，庶几仿佛渊明思亲友
之意云。"③

81. 诗评。有人问袁枚，清朝诗谁为第一？袁枚反问其人：
"《三百篇》以何首为第一？"其人不能答。袁枚说："诗如天
生花卉，春兰秋菊，各有一时之秀，不容人为轩轾。音律风趣，
能动人心目者，即为佳诗，无所谓第一、第二也。有因其一时
偶至而论者，如'不愁明月尽，自有夜珠来'一首，宋（之问）

① 杨昌睿（左宗棠的老友、浙江巡抚）：《恭诵左公西行甘棠》。
② 赵王玮：《看尽风流的敬亭山》，《学习时报》2017年8月21日，第7版。
③ 薛祥生：《稼轩词选注》，齐鲁书社1982年版，第124页。

居沈（佺期）上；'文章旧价留鸾掖^①，桃李新荫在鲤庭'一首，杨汝士压倒元（稹）、白（居易）是也。有总其全局而论者，如唐以李（白）、杜（甫）、韩（愈）、白（居易）为大家，宋以欧（阳修）、苏（轼）、陆（游）、范（仲淹）为大家，是也。若必专举一人，以覆盖一朝，则牡丹为花王，兰亦为王者之香。人于草木，不能评谁为第一，而况诗乎？"^②诚如是。

82. 马云："为市场立心，为商人立命，为改革开放继绝学，为新经济开太平。"借鉴宋代张载："为天地立心，为生民立命，为往圣继绝学，为万世开太平。"

83. 有些诗，作者之意，读者难知。

84. "金陵山川之气，散而不聚，以故土著者绝少传人。王、谢渡江，多作寄公，亦复门户不久，此其证也。"^③此说可与"乌衣巷"诗参读。

85. 诗境。"诗中境界，非亲历者不知。""作者难，知者尤难。"^④诚哉斯言，先得我感。

---

① 鸾掖：luán yè，盖指宫廷、皇宫。
② 袁枚：《随园诗话》上，北京燕山出版社 2007 年版，第 51—52 页。
③ 袁枚：《随园诗话》下，北京燕山出版社 2007 年版，第 489 页。
④ 袁枚：《随园诗话》下，北京燕山出版社 2007 年版，第 522、487 页。

86. 有人认为,巴赫的音乐《勃兰登堡协奏曲》有种高致,"照人胆似秦时月,送我情如岭上云"①。

87. 题壁诗。历史上各种墙壁都有人题写过诗,其中以寺壁、驿壁、斋壁为多。南宋诗人林升《题临安邸》:"山外青山楼外楼,西湖歌舞几时休?暖风熏得游人醉,直把杭州作汴州。"讽刺当时忘怀国耻贪图享受的现象,可作史诗读。北宋包拯《书端州郡斋壁》,"清心为治本,直道是身谋。秀干终成栋,精钢不作钩",则是对自己为人处世的正直要求。苏轼《题西林壁》:"横看成岭侧成峰,远近高低各不同。不识庐山真面目,只缘身在此山中。"②是又一番风景,并含哲理。无名氏题壁诗更多。中央党校囷极楼内壁上,数年前也有一首无名氏题诗,抒发外地来京打工者的无奈与苦闷。

88. 康熙赞朱元璋。题明孝陵"治隆唐宋"③。认为朱元璋时期的治理水平超过唐宋。又谓"远迈汉唐"④。

89. 天文学家王绶琯⑤的诗词,意境阔大,思想深邃,造句平易精审,而又如万里雷鸣。他在"文化大革命"中写的《浣

---

① 王征宇:《送我情如岭上云》,《北京日报》2018年3月15日,第16版。
② 参见林岫:《题壁涂鸦有好诗》,《光明日报》2017年9月1日,第16版。
③ 《老年文摘》2017年9月18日,第3版。
④ 唐山:《陈梧桐:追问明朝那些事》,《北京日报》2019年9月3日,第14版。
⑤ 琯:guǎn,古代玉乐器,像笛。

溪沙十首·牛棚咏史》说:"五十万年溯斗争,残雷疏雨夜三更。悠悠大地转无声。几个英雄悲失路,一番儿女学忘情。蛙声四面月微明。""帝业深筹万世功,律繁如雨令如风。长城遥护泰山封。且喜诗书销海内,更收珍丽实关中。赢来一赋阿宫房。"脑神经学家欧阳翥,抗日战争时期诗句:"离离原上多禾麦,都为苍生望太平。"①亦很好,有黎民百姓情怀!

90. 易海云《香山颂》最后一首:"结社香山韵事多,几回邀赏踏山阿。千吟万咏情难尽,遥向高天一笑歌。"很好,很有情调,很有味道。香山诗社成立三十周年,燕京诗社以此志贺,廖小鸿毛笔书法。孔晨华、刘爱华和我参加纪念会。我们认为,这首诗,既深切表达了易老对香山文化的感情和热爱,也能表达我们对香山诗社的感情和热爱;既可以用来祝贺香山诗社成立三十周年,也可以用作对易老的一份纪念。

91. 关于余光中的诗。余光中去世之际,王蒙发表《余光中永在》,认为余光中的作品,"清晰、明白、真诚","简单、深情","深入浅出,不跩②,不做作"。香港中文大学教授、作家、评论家黄维梁认为,"余先生应该获得诺贝尔文学奖"。轻易不夸人的诗人学者流沙河"对余光中作品评价极高"。余光中曾在美国求学与任教,他关于中英文比较的文章极有见地。他

① 《那一代写得一手好诗词的中国科学家》,《老年文摘》2017年4月27日,05版。
② 跩:zhuǎi,也作转(zhuǎi),显摆。

不赞成受英语影响在中文里滥用那么多"被"字。王蒙说,"这些文字上的毛病我也有",并认为,文化是"一种力量""一种分野""一种天命"①。

92. 杜甫《春日忆李白》:"白也诗无敌,飘然思不群;清新庾开府,俊逸鲍参军。渭北春天树,江东日暮云。何时一樽酒,重与细论文。"②情真意切而有所希望,深刻表达对李白的思念。

93. "花开一片香,春到最北方。风吹草长,是最美的时光。或许路更远,或许梦更长……"③美妙的歌词,洋溢着美感,让人无限遐想……愿诗歌伴着岁月,永远传唱。

94. 思澜的《回望与怀想》:"那些美好的时光,不要为她的逝去而忧伤。或许她还在那个地方,或许她已飘到了远方。不要那么多回望,也不要那么多幻想,坚定地前行,是唯一的希望。只要你走得足够深,足够远,足够长,你一定会来到她身旁。穿越了岁月风霜,你会觉得,她还是那个样,但又不全

---

① 《人民日报》2017年12月26日,第24版。
② 萧涤非选注:《杜甫诗选注》,人民文学出版社1985年版,第16页。《春日忆李白》,又为《春日怀李白》。
③ 刘新圈:《春到最北方》词,《光明日报》2018年1月26日09版。引用时去掉原作中的"草原"。歌词是2013年青年作家刘新圈,应中宣部"中国梦"征文写的。

是那个样。"① 文字精练，音调和谐，形象生动，意境优美，含有哲理，可谓浑然天成。盖源于其经历也。

95. 唐代颜真卿《劝学》诗："三更灯火五更鸡，正是男儿读书时。黑发不知勤学早，白首方悔读书迟。"颜真卿好学上进精神，由此可见一斑。真是夜以继日。也许白日忙于杂事，不得不如此，倘若白日有闲，又何必三更灯火五更鸡？读书学习宜趁早，则是千古不易之理。

96. 唐代张若虚（约 660—720）《春江花月夜》写道："江天一色无纤尘，皎皎空中孤月轮。江畔何人初见月？江月何年初照人？人生代代无穷已，江月年年望相似。不知江月待何人，但见长江送流水。"全诗 36 句，这是其中的 8 句，亦含哲理之思。该诗 1000 多年后，才被明代人编入诗集。此后逐渐受到重视，更有"孤篇横绝全唐"之称。闻一多称其为"诗中的诗，顶峰上的顶峰"。全诗写"春、江、花、月、夜"，浑然一体，充分表达游子和离妇相互思念之情。全诗字词重复较多，以更表达情意。李白苏轼，其有鉴于此乎？

97. 唐代刘禹锡《柳枝词·清江》："清江一曲柳千条，二十年前旧板桥。曾与美人桥上别，恨无消息到今朝。"明白晓畅，洋溢着美感和思念。

---

① 《中国文艺评论》2018 年第 5 期，封底。

98. 古今忧患多多，能以诗鸣者不多。然而古今诗词中，仍有不少忧患之作。虽然如此，还是希望少些。所谓"温柔敦厚"之教，旨意深远，应当好自为之。

99. 朱光潜题沈祖棻诗："易安而后见斯人，骨秀神清自不群。身经离乱多忧患，古今一例以诗鸣。"视沈祖棻如李清照。

100. 李白《北风行》，极写北方苦寒，控诉战争罪恶。其中，"燕山雪花大如席，片片吹落轩辕台""黄河捧土尚可塞，北风雨雪恨难裁"。想象奇特，气度非凡，耐人寻味。

101. 乾隆时期，张镠扬州《看灯词》："花灯一盏费千钱，不照蓬门照绮筵。惟有天心一轮月，东西南北向人圆。"前两句人道之心，讽刺奢侈豪华；后两句天道之心，亦有感前者而发。有人读过许多咏元宵节的诗，最欣赏的还是这首诗①。其亦有所感乎？

102. 欧阳修《玉楼春》，似有屈子之意。"尊前拟把归期说，未语春容先惨咽。人生自是有情痴，此恨不关风与月。 离歌且莫翻新阕，一曲能教肠寸结。直须看尽洛城花，始共春风容易别。"可与其《述怀》参阅，更当与其经历结合。王国维称

---

① 周游：《灯节诗话》，《光明日报》2019年2月22日，第16版。

此作"于豪放中有沉着之致，所以为高"①。

103. 诗是宁静的吗？至少在有些人看来是。如：音乐《晨雾》传播之标题为《如诗般宁静的轻音乐》。那音乐确实让人感觉宁静。在那传播这首音乐的人眼里，诗就是宁静的。当然，诗歌也有激扬响动的一面。

104. 明代薛格阁试《中秋不见月》诗中有佳句："关山有恨空闻笛，乌鹊无声倦倚楼。"一时被人传颂，张廷玉亦爱其有逸致②。

105. 杨振宁谈诗与科学之美：一、诗是语言的精华。二、读者对诗歌的感受。"你少年时读一首诗，当时就会对那首诗歌的内涵、意境等有所了解。但当你进一步成熟之后，以及你步入晚年之后，又会发现这首诗的含义远远比你小时候所领悟的要多得多。"三、诗缺"三感"。"英国大诗人 W. Blake 写过一首有名的诗，译成中文是：'一粒沙里有一个世界，一朵花里有一个天堂。把无穷无尽握于手掌，永恒宁非是刹那时光。'陆机《文赋》中说，'观古今于须臾，抚四海于一瞬'，表达的意思类似。上面两个例子，都是诗人用诗性的语言，阐述对宇宙结构的了解，传达出一种大美。"牛顿去世后，英国大诗人 A. Pope

---

① 王国维：《人间词话》，谭汝为校注，群言出版社 1995 年版，第 22 页。
② 张廷玉：《澄怀园语》，见《父子宰相家训》，安徽大学出版社 2015 年第 3 版，第 205—206 页。

写诗赞扬牛顿："自然与自然规律被黑暗隐蔽！上帝说，让牛顿来！一切遂臻光明。""前面列举的诗句所描述的，是物理学的美，它们给了我们特别的感受。诗人对于美的描写很到位，可是仅有这些还不够，因为诗句里缺少庄严感、神圣感，以及初窥宇宙奥秘的畏惧感。这种庄严感、神圣感，也是哥特式教堂的建筑师们所要歌颂的东西，即崇高美、灵魂美、宗教美、最终极的美。最终极的美是客观的。"这是杨振宁对于他所引用之诗讲的。这"三感"很值得注意，尤其是"初窥宇宙奥秘的畏惧感"！我想，孔子"畏天命"，有初窥宇宙奥秘的畏惧感吧？他作《易传》亦有这种畏惧感。中国诗词中也有庄严感、神圣感、畏惧感。屈原的作品可以代表。我们现代人写诗，能否有这三感？四、方程式是造物者的诗篇。"如果今天你问物理学家对宇宙结构的了解，他们会告诉你，最后的最后就是一组方程式，包括牛顿的运动方程式、麦克斯韦方程式，以及爱因斯坦的狭义和广义相对论方程式、狄拉克方程式和海森伯方程式。这七八个方程式就'住在'我们所看见的一切一切里，它们非常复杂，有的很美妙，有的则不是那么美妙，还有的很不容易被人理解。但宇宙结构都受这些方程式的主宰。麦克斯韦方程式，看起来很简单，可是等你懂了它的威力之后，会心生敬畏。为什么说这些方程式有威力呢？因为无论是星云那么大的空间还是基本粒子内部那么小的空间，无论漫长的时间还是短短的一瞬，都受着这几个方程式控制。这是一种大美。我们也可以说这些方程式是造物者的诗篇。""造物者用最浓缩的语言，掌握了世界万物包括人的结构、人的情感，世界上的一切都在

'诗人'——造物者写下来的东西里浓缩起来了！其实这也是物理学家最后想达到的境界。""早在人类尚未出现的时候，麦克斯韦方程式以及刚才所讲的那些方程式就已经支配着宇宙间的一切，所以科学里最终极的美与人类没有关系，没有人类也有这些美。我想，庄子所讲的'天地有大美而不言'也包含类似的意思。"五、"有我"与"无我"。这是王国维在《人间词话》里提出的概念。"王国维拿它来描述诗词的意境，我想也可以拿来分辨科学之美和艺术之美的基本不同点。艺术创作的本质是什么？唐朝画家张璪说是'外师造化，中得心源'。这句话概括地描述了艺术真正的精髓，道出了人类怎样感受到美并开展艺术创作。……所谓'中得心源'，是从心里了解到了自然界的美，因此艺术的美也是'写意'的美。……科学追求的是认识世界、理解造化，并从认识中窥见大美。"[1]

106. 据说，赫胥黎认为，科学与文艺是一个东西的两面；"柯勒律治说得更妙，与诗歌相对的不是散文而是科学。"[2] 这是从人类对真理的探索及对美好生活的追求的角度而说的。杨振宁对诗歌与科学的看法，与此一致。

---

[1]　杨振宁：《科学之美与艺术之美》，《光明日报》2017 年 2 月 12 日，第 7 版。序数与小标题是王彦民添加，内容根据报道整理。引文中改动几个字，保持原意。

[2]　苗德岁：《科学与艺术拥有共同创意源泉》，《人民日报》2017 年 12 月 15 日，第 24 版。

107. 关于吟诵。叶嘉莹及台湾大学戴君仁认为，吟诵是中国传统的一种读书方法。叶嘉莹说："这种传统的读书方法，只有中国才有，对于中国传统文化传承有微妙而重要的关系。"她 2009 年呼吁在中小学甚至幼儿园开设吟诵课。她又说："吟得对不对、好不好，首先在于声音的节奏，在于节拍的快慢高低。"要注意掌握三点：音调，节奏及吟诵与内容的结合。节奏是诗歌的生命线，也是吟诵的生命线。"吟诵时虽可以有方言等种种不同，但一定要掌握好其间节奏的顿挫和声调的抑扬顿挫以及前后的呼应，这才是吟诵的正统。""凡是长篇作品，基本上每四句有一个循回，偶然有六个句子的，或者两个句子的，都是双数的句子有一个循回。"吟诵绝句，基本上是一句一个调，律诗后四句再重复一次。以吟诵的方法去读书，可以更好地理解作品。"近体诗之平仄声律的形成，其实是把吟诵时声吻之间的自然需求加以人工化了的结果，格律完成乃是为了配合吟咏诵读的需要。""吟诵注重节奏、声律，也是到了近体诗形成以后才特别讲求的……吟诵的传统和中国旧诗之美感特质一直有密切的关系。"[1]霍松林的父亲是清末秀才，给霍松林讲诗词时，就讲"如何调平仄、查韵书，掌握诗词格律；读诗词古文，要求眼到、心到、口到，吐字清晰、反复吟诵、声出金石，以领会其格调声色、神理气韵"[2]。这表明，清末及民国时期，还是

---

① 华锋：《叶嘉莹：吟诵的正宗在中国》，《中国社会科学报》2016 年 2 月 15 日，第 6 版。

② 耿显家：《若无新变不能代雄——访著名古典文学家、文艺理论家霍松林》，《中国社会科学报》2015 年 6 月 8 日，第 A05 版。

讲究吟诵的。可是破旧立新之后，传统文脉几乎中断，吟诵方法几近失传。我虽然不善吟诵，只是近年听过一些人吟诵，但应注意及此。（日本人曾向中国人学习吟诵）

108. 吟诵。叶嘉莹认为："吟诵不但是读诗、欣赏诗、理解诗的重要法门，而且是写诗重要的入门途径，熟于吟诵，你的诗就会随着声音'跑'出来。""吟诵是一种既遵循语言特点，又根据个人理解，依循作品的平仄音韵，把诗中的喜怒哀乐、感情的起伏变化，通过自己抑扬抗坠的声调表现出来的方式，比普通朗诵对作品内涵有更深入的体会；吟诵是一种细致的、创造性的、回味式的读书方法和表达方式，是文字、音声和情意的综合表达，是我们民族世代相传的宝贵的非物质文化遗产。"① "中国的诗词歌赋、元曲杂剧，都能吟诵。"② 她为学习吟诵者录制了大量资料。

109. 吟诵是诗词欣赏、创作和修改的途径之一。毛泽东诗词，有的是在马背上哼成的。中国不少民族有吟诵传统。印度也有吟诵传统。有人研究认为："诗歌吟诵是印度的一门古老技艺，许多传统知识都是靠吟诵口口相传至今。瑜伽修习即极重视吟诵。佛教沿袭婆罗门教传统，亦以持诵为修行方法之一，

---

① 叶嘉莹：《吟诵，惜之念之的文化遗产》，《人民日报》2017年9月1日，第24版。
② 任冠虹：《弘扬诗教传统传承诗词吟诵》，《中国社会科学报》2019年9月16日，第2版。

佛经中的偈颂和咒语就是吟诵传统的产物。我个人的体验是，梵语吟诵至少可以令人头脑清明、身体舒泰，是效果近似禅修的前行。"吟诵梵语诗歌，可以"领略梵语诗歌音韵之美"①。默念、朗诵、含味，都可以成为诗词欣赏、创作和修改的途径。

110. 散文诗意。关于沙漠的空旷与原始，以及胡杨的生存顺逆，有人写道："进入沙漠的属地，满目都是'大漠东去，沙淘尽，千古风流人物'之意。""沙漠，戈壁，日老月老，风老沙老，与千里之外的江南山水嫩物遥相唱和。……江山圆满，天地大尊。"胡杨"一老便自断顶枝，以求枝繁叶茂"，"时间掌握着生杀大权，胡杨几千年的长生长死，顺时逆时，甚至绝处逢生以欺时，敢与时间过招"。胡杨"干枯处有不屈的遒劲，无声处有连绵的嘶鸣，苍老处有隐藏的生趣"。"胡杨贵乎老，极老，不老则不古。胡杨贵乎死，久死，死则大孤。""你看那荒天野地，全无烟火，独与天地精神相往来，于是使人豁然。豁然于大地的苍莽古老，豁然于天机的深邃邈远，豁然于自身的渺小脆弱。""所以，唯有长歌当哭，摒弃所有后天的语言，用生命最原始的声音一问究竟，一答究竟。"②

111. 有人说："这种状态下的群像，对我有一种强烈的吸引力，因为在群体的自由自在之中，聚汇了一种超越现实的

'气'，可能这就是某种摄人的'精神'，但它都潜在于自然中，只有你心中有这种储存的精神元素，才会感觉到它。"①

112. 诗之可译与不可译。"真正的诗，都是出自最精练的语言。所以，虽说'诗不可译'几乎成为共识，但不能不承认诗歌翻译还是大多数读者欣赏外国诗的一条通路。"②诚哉斯言！中国古诗，尤其《诗经》，今译亦然。外国人欣赏中国诗，也主要靠翻译。生于新加坡的林文庆③，1929年即把《离骚》翻译成英文出版。

113. 近代文言翻译诗。近代最早用汉文翻译外国诗的是西方来华传教士。1854年，香港教会报纸《遐迩贯珍》发表的《论失明》，即是西方传教士用汉文四言诗翻译的，原作是英国约翰·弥尔顿的 *On His Blindness*。后来，金湘儒、陈独秀、胡适等，也用文言文翻译过宗教诗篇。罗正晫译诗《水仙》："四大我皆空，独为兹花据。身心与之俱，羽化而仙去。"将佛教"四大皆空""无挂无碍"，和道教"羽化登仙""出世"，两种理念与态度相互融合，营造出宁静而又超脱的精神境界。戴宗球的译诗《隐士吟》："归于隐君子，相我岑寂路。远烛含慈

① 摄影师石宝琇语。石宝琇，1950年生于西安。于圆媛：《最自然的神情》，《光明日报》2017年6月11日，第11版。
② 邵燕祥：《斯文一脉读屠岸》，《文汇读书周报》2016年11月21日，第5版。
③ 林文庆（1869—1957），祖籍福建，老同盟会会员，支持孙中山，1921年7月至1937年7月，担任厦门大学校长。著作有《从内部发生的中国危机》《东方生活的悲剧》《新的中国》等。晚年失意，"一杯在手，人间何世"。

光，照彼谷幽处。"① 亦有种宁静幽远的诗意境界。

114. 网上流传的一首关于"爱"的英文诗，用中文翻译至少有 6 种体式。别有趣味。

115. 近代西方人也把中国诗翻译为西文诗。其中，英国外交官弗莱彻（W. J. Fletcher，1879—1933）的《英译唐诗选集》《英译唐诗选续集》（共 280 余首），在英语世界广泛流传，上海商务印书馆 20 世纪 20 年代前后也出版，中国画报出版社 2019 年还出版其精华本《英译唐诗精选》。弗莱彻 1908 年来中国，在中国工作生活 20 多年。他热爱唐诗，在其译本题词《致大唐》中说："我的心从未如此激动，我的胸膛从未如此充满激情，我知晓的艺术或许从来没有这些古代思想的精华。"② 在所译诗前，还创作小诗《致李白杜甫》，表达对诗人诗作的爱慕。

116. 《诗经·蒹葭》："蒹葭苍苍，白露为霜。所谓伊人，在水一方。溯洄从之，道阻且长。溯游从之，宛在水中央。"现代歌词《在水一方》，几乎就是对《蒹葭》的翻译："有位佳人，在水一方。我愿逆流而上，依偎在她身旁，无奈前有险滩，道路又远又长；我愿顺流而下，找寻她的方向，却见依稀仿佛，

---

① 蒋淑香：《近代文言译诗中的中西宗教因缘》，《中国社会科学报》2019 年 8 月 20 日，第 4 版。
② 严晓江：《弗莱彻：筚路蓝缕译唐诗》，《中国社会科学报》2019 年 10 月 14 日，第 7 版。

她在水的中央。"此情古今相同，而表达有所不同。

117. 周一良 1990 年秋录林肯语："处事宜用复杂脑，待人当以单纯心。"① （毛笔隶书条幅）录自何书没有写，不知林肯原话是怎么说的。但是，翻译者显然是用中文对联形式翻译的。

118. 翻译诗歌与中国新诗。熊辉认为："正如美国新诗运动胜利的重要标志，在于成功地翻译了中国诗歌，中国新诗的开创者 —— 五四新诗人们所谓的新诗形式，则大都是以优秀的译诗为蓝本建构起来的。译诗在中国百年新诗发展历程中，带给新诗的潜隐力量，在不同的诗人那里有着各自的发挥。"② 这是我们认识中国新诗时，应注意的方面之一。

119. 有人说："诗词是汉语精妙和东方审美的集中表达，是跨文化传递中最有难度的部分。"许渊冲"诗译英法"，精益求精，"既要工整押韵，又要境界全出，古典诗词有比喻、借代、拟人、对仗，译后的英法韵文中也要有比喻、借代、拟人、对仗；文言文里所内含的哲学深意，同样要滴水不漏地放置在另一种文化语境中"。许渊冲对"道可道非常道"的翻译是："Truth can be known, but it may not be the well-known truth. 真理可知，但未必是你所认识到的真理。"理解深刻，

---

① 孟彦弘：《师友信札日记中所见的周一良先生》，《文汇学人》2016 年 8 月 12 日，第 7 版。
② 熊辉：《翻译诗歌与百年中国新诗》，《光明日报》2017 年 9 月 8 日，第 13 版。

翻译明白。不愧"书销中外百余本，诗译英法唯一人（许渊冲名片诗句）"。"有人说许渊冲狂妄。但他觉得自己狂而不妄。'妄'是浮夸、僭越，'狂'是放达、豪迈。在《论语》的英译本中，许渊冲把'狂'译为'radical'（激进、奋发），切中孔子'狂者进取'的内涵。"①挺有意思，也挺有趣。许渊冲98岁，还日日对电脑写作，翻译诗词，翻译莎士比亚。

120. 徐树铮词集，总称《碧梦盦词》，为什么？可能含有词尚姜白石、吴梦窗之意。碧，代指姜白石（夔）；梦，代指吴梦窗（文英）。盦，通"庵"，往往用于书斋名或人名。吴文英的词，经过朱祖谋等人的宣扬，在清末影响很大，主张"重、拙、大"。徐树铮诗集，总称《兜香阁诗》，又是为什么？

121. 孙中山诗。孙诗虽然不多，但是浩然之气、磅礴之势，深长系之。如：1899年《咏志》（又名《革命歌》《起义歌》）："万象阴霾打不开，红羊劫运日相催。顶天立地奇男子，要把乾坤扭转来。"②何等气概！1906年《挽刘道一》："半壁东南三楚雄，刘郎死去霸图空。尚余遗业艰难甚，谁与斯人慷慨同？塞上秋风悲战马，神州落日泣哀鸿。几时痛饮黄龙酒，横揽江流一奠公！"气势非凡，意境宏阔深远；情义天高，精神远到。至今思之，犹在眼前。其天性和心志使然？

---

① 刘文嘉：《许渊冲：平生不改赤子心》，《光明日报》2019年2月15日，第1版。
② 诗中"打"一作"扫"。"红羊劫运"指国家灾难。

122. 王巍、张武扬迎新之作。王巍《如梦令·乙未新春》："长记龙马不息，念念夕惕若厉。踏破旧岁尘，期年开泰至。亨利，亨利，和悦人安家吉！"张武扬《蝶恋花·又春》："东风一枝梅开晚，旧梦故园，乱枝风似剪。谁掷小楼闻鸣啭，新柳凭栏数长短。　咫尺乡关衔杯盏。吟衷遣谈，往事仍阑珊。换得鬓白题襟看，莫负溪山心自远。"

123.《同学你老了吗》——77级同学哈晓斯作词，王勇勇朗诵，张武扬微信发来。听后回复："感情深厚，词采飞扬。声音浑润，意味悠长！祝您和所有同学，快乐幸福健康！"

124.《写给母亲》（张武扬作），阅后回复："伟大的母亲，永恒的慈爱！忠孝的子孙，深情的关怀！"

125. 王学斌词句。《水调歌头·迎鼠年》："得意引吭高呼，失意酒醒何处，谁能真自如？"《声声慢·牛年祝福》："辞旧迎新时候，感怀把酒！三杯两盏佳酿，怎敌他，心绪如流。"《声声慢·牛年祝福》："莫忘偷闲，惬意泛舟击缶。健康更兼无忧，执牛耳，更上层楼。真风流，怎一个'牛'字言透。"①

126. 郭德宏诗。《访凤阳》（之二）："鼓楼高耸城中央，煌煌中都已渺茫。万事根本今犹在，独立风雨叹沧桑。"《雨中访

---

① 《燕京诗刊》第28期，2014年11月，第40页。

小岗村》（后四句）："评价再高不为过，最受启发是精神。遥想当年风云起，思绪翩翩雨纷纷。"《参观吴敬梓纪念馆》（之三）："今日几多可笑事，颇似先生书中人。不知后来有心者，会否续写新《儒林》？"[①]

127. 王梅顺诗句，"人人都愿赏美丽，啥叫美丽说不一""外貌本是表面相，心好才是最美丽""建设美丽居家园，要把民生放第一。形象工程不是美，人民满意才美丽[②]"。朴实，顺口，在理。反映当代现实，有讽谏之意。

128. 书童诗："冰城一唱浦江应，震落寒星化霜凌。三两字里伏啸虎，寸把行间走吟龙。"[③] 非常雄壮，非常有气势。诗词所能具有的威力，写到极致。这首诗，实写战友相聚，以诗唱和之情义。冰城代指黑龙江哈尔滨的战友，浦江代指上海的战友。

129. 书童诗句："大度容天下，比肩踱路平。"[④] 形象生动，反映人品。

---

① 《燕京诗刊》第 28 期，2014 年 11 月，第 38—39 页。
② 《燕京诗刊》第 38 期，2019 年 11 月，第 63 页。
③ 《燕京诗刊》第 31 期，2016 年 5 月，第 71 页。
④ 《燕京诗刊》第 38 期，2019 年 11 月，第 51 页。

130. 袁枚《日日》："日日奇峰迎面过，不能图画只能歌。老夫可奈看山后，愈觉胸中磈磊多。"① 有味道，尤其"愈觉胸中磈磊多"，未必是不平之气，或许更有志气、豪气、奇气、浩然之气！

131. 陆谷孙② 诗。《文汇报》2016 年 8 月 3 日发表其诗五首："一、一九八九年七月二十四日，首见《英汉大词典》上卷印成，感慨良多：菡萏翩翩薄暑收，虚堂微雨斗清秋。诗心欲往羲皇上，酒窟相将汗漫游。自笑半身退飞鹢，谁怜中路失友鸥。两当容与疏风里，同座高贤几黑头。（菡萏，音为 hàn dàn，指荷花）二、咏鹤：来往云霄体格清，……胸无半点尘埃物，负有生平浩气行。 三、一九九〇年作于香港：浩歌曼舞正繁华，我尚飘摇未有家。身似孤鸿悬海上，心随明月到天涯。春来花好无人赏，客里愁销有酒赊。尘世论交今几个，漫将往事诉寒鸦。四、（略） 五、乙丑元月十三，学生来贺生日，留饭，细诉平生。夜，倾泻胸愫。得句：竟作乘桴海外游，尘缘淘尽付东流。功名福禄原知梦，踪迹飞鸿莫我求。黄叶闭门安道径，白云高卧九号楼。往事回望渺如线，一洗沧桑无限愁。"钱钟书致陆谷孙信称其诗："旨词凄远，耐人玩味，足征贤者怀抱之不同凡俗也。"陆谷孙 2015 年 10 月 8 日复香港董桥先生信中说："我非

---

① 王英志选注：《袁枚诗选》，人民文学出版社 2009 年版，第 163 页。
② 陆谷孙（1940–2016 年 7 月 28 日），浙江余姚人，复旦大学外语学院教授，主要从事英美文学的教学、研究和翻译，主编《英汉大词典》《中华汉英大词典》，并有中国古文学功底。

××中人，未染'正能量综合征'。"亦耐人玩味。又说到《中华汉英大词典》，"下卷犹待收拾精神，只是年力向衰，途长日暮，入海计沙，成事何年！"又是一番风景，一番诗情画意。谈到人生，说"推人及己，屡有盈缩无期，人寿几何之叹；另一方面，蜩螗世事，莫不关注，而河清不可俟矣，终致心忧神疲"，"忿则多难，急则多觉"！①

132. 葛兆光在陆去世当日《悼念陆谷孙先生》文中说："2000年，复旦大学出版社给我寄来陆先生新编的《英汉大词典·补编》，我翻阅以后，居然想到一个有趣话题，便在香港报纸上写了一篇短短的文章，题目是《当时髦入了词典》，意思是说，《补编》从这些年的流行中补充进来好多英文新词，如果连起来看，就是新事物新时尚层出不穷的历史，所以说，《补编》'如果不仅仅把它当作词典，倒可以把它当成时髦变化的档案'。"这是葛兆光从历史发展变化角度看词典，不愧是研究思想史的人。当然还可以从别的角度看词典。葛又说，他从不和陆谈论英文，陆也不大和他讨论历史，两人"谈话内容多以社会关怀和国际风云为主，谈得多了，也就知道彼此的看法相近，看法相近，就越聊越肆无忌惮"。"陆先生突然去世，让我觉得很悲哀，也很伤感，甚至多少有些绝望。生命太脆弱了，一个灵魂里始终涌动波澜的人，一个思想中始终有火花的人，怎么

① 上引钱钟书信、陆谷孙与董桥信，见《文汇报》2016年8月3日，第12版。

会说走就走了呢？""为什么他走得这么快？"①

133. 陈昕在《〈英汉大词典〉在，陆谷孙先生不死》中说："中国知识分子历来有内圣外王的寄托，肩负着社会的良知。作为一个学者，陆先生的专业是英美文学研究和双语词典编纂，那是两个非常小众的领域；但作为一个知识分子，他对社会的发展和人类的命运之类大问题有着深深的关切。"② 陆谷孙是很有诗意的人。

134. 爱憎与风度。胡小石认为，由诗人爱憎之不同，可见其风度不同。"凡诗人于群动，爱憎各殊。观所爱憎，可以想见其为人。杜爱马爱鹰，屡形篇咏。林公（支遁）所谓'道人养马，爱其神骏'，可知诗人风度，绝非如后世所想象之酸丁。"③他能通过现象看到本质，见人之所未见，道人之所未道，能给人以启发，让人耳目一新。

135. 唐寅："别人笑我太疯癫，我笑别人看不穿。"这表明一种自信。但若让人笑你太疯癫，似乎不宜。或有难言之隐，而故意如此？

---

① 《文汇报》2016年8月3日，第12版。
② 《文汇报》2016年8月3日，第12版。
③ 徐有富《"听"胡小石讲杜甫的"羌村"》，《中国社会科学报》2016年7月29日，第8版。

136. 陕西师大出版社，出版"诗说中国"丛书，真是一个不错的选题。当然，还有散文中国、戏剧中国、小说中国、书法中国、绘画中国、雕塑中国、建筑中国……。不过，用诗来说中国，更触及中国文化的传统根基。

137. 唯皖多君子。有史志说："惟皖多君子，经纬区宇，表率邦国，振振于前，绳绳于后也。"① 可与"惟楚有才，于斯为盛"相比较。有人群的地方，就有人才。

138. 英雄乃不祥之物。"谚曰'时势造英雄'。然则，英雄不祥之物乎？夫物失其常，然后鸣，人不得其情然后乱。……洪水不发，夏禹之功不著；礼乐不坏，孔子之道不张；武王伐纣，夷齐乃名……故曰，至治之世无英雄，人道既行无节义。呜呼，英雄节义之出，岂人类之幸哉！"② 诚然卓见！世乱才有英雄节义。英雄亦多不幸。

139. 为学不易。"为学亦难矣！……欲以学艺鸣，必不克享世俗之乐，为学不其难乎！"③

140. 学者不轻于帝王将相。"学者贵观会通，播其秕（kuài，糠），抾（qù，捕捉）其精，不阿神圣而不议，不醉功

① 《老年文摘》，2018年4月2日，第12版。
② 罗则逊编修：《隆化县志》，吉林大学出版社，2013年版，第92页。
③ 罗则逊编修：《隆化县志》，吉林大学出版社，2013年版，第99页。

利而盲从。……世界因学术而治乱，学术视学者而是非，然则学者岂轻于帝王将相哉！"①实有独到见解。验之于历史，诚然如此。孔孟及苏格拉底，历代杰出学者，谁不如此？他们的影响，胜过许多帝王。

141. 为文亦需有诗心诗意，简洁而留有余地。为人处世亦需如此。

142. 铭与诗。班固《封燕然山铭》②，很有血性，亦有诗性。铭为体，意为诗。

143. 每个人都很重要！毕淑敏要每个人宣称"我很重要"！她说"许多年来，没有人敢在光天化日之下表示自己'很重要'。我们从小受到的教育都是 —— '我不重要'"。但是，

---

① 罗则逊编修：《隆化县志》，吉林大学出版社，2013年版，第165页。
② "惟永元元年秋七月，有汉元舅曰车骑将军窦宪，寅亮圣明，登翼王室，纳于大麓，维清缉熙。乃与执金吾耿秉，述职巡御，理兵于朔方。鹰扬之校，蝥虎之士，爰该六师，暨南单于、东胡乌桓、西戎氐羌，侯王君长之群，骁骑三万。元戎轻武，长毂四分，云辎蔽路，万有三千余乘。勒以八阵，莅以威神，玄甲耀目，朱旗绛天。遂陵高阙，下鸡鹿，经碛卤，绝大漠，斩温禺以衅鼓，血尸逐以染锷。然后四校横徂，星流彗扫，萧条万里，野无遗寇。于是域灭区殚，反斾而旋，考传验图，穷览其山川。遂逾涿邪，跨安侯，乘燕然，蹑冒顿之区落，焚老上之龙庭。上以摅高、文之宿愤，光祖宗之玄灵；下以安固后嗣，恢拓境宇，振大汉之天声。兹可谓一劳而久逸，暂费而永宁者也，乃遂封山刊石，昭铭盛德。其辞曰：铄王师兮征荒裔，剿凶虐兮截海外。夐其邈兮亘地界，封神丘兮建隆嵑，熙帝载兮振万世！"其摩崖石刻在蒙古国杭爱山一支脉上，历经近2000年，2017年7月底才被发现辨认出来。《光明日报》2017年8月16日08版。

回顾历史，回顾人类的思想感情，我们确实很重要。只要我们时刻努力着，为光明奋斗着，我们就很重要。"我们的地位可能很卑微，我们的身份可能很渺小，但这丝毫不意味着我们不重要。""重要并不是伟大的同义词，它是心灵对生命的允诺。"① 确实如此。当然，每个人都认识到自己很重要时，也要承认别人很重要。决不可因自己重要，而看不起别人。

144. 活在当下，做好自己。这已成为许多人的共识。

145. 苏轼认为："诗至于杜子美，文至于韩退之，画至于吴道子，书至于颜鲁公，而古今之变，天下之能事尽矣。"② 天下之能事怎能尽呢？

146. 刘基评王羲之。明代刘基《题兰亭帖》说："王右军报济世之才而不用，观其与桓温戒谢万之语，可以知其为人矣。放浪山水，抑岂其本心哉？临文感痛，良有以也。而独以能书称于后世，悲夫！"时隔千年，刘基读东晋历史，设身处地以理解王羲之，或亦有感于自身经历乎！

147. 校训的本质，可以说是诗。简明扼要，求真求实，启发心智，教人励志，饱含诗意。

---

① 广东省妇联《家庭（长寿版）》2018 年第 9 期，第 24—25 页。
② 黄亚琪：《走近颜真卿》，《光明日报》2019 年 11 月 30 日，第 9 版。

148. 家训有诗性。如：《河东裴氏家训》十二条纲目："敬奉祖先，孝顺父母，友爱兄弟，协和宗族，敦睦邻里，立身谨厚，居家勤俭，严教子孙，读书明德，淳厚戚朋，慎重言语，讲求公德。"《河东裴氏家戒》十条纲目："毋忤尊亲，毋辱祖先，毋重男轻女，毋事赌博，毋为盗窃，毋贪色淫，毋吸烟毒，毋酗酒好斗，毋忘本崇洋，毋入帮派。"① 该《家戒》中"毋重男轻女"，值得特别注意，这显然是近现代的。

149. 诗性的想象。有人研究"废墟之美"，认为经历与知识背景之外，"还得靠感悟，靠诗性的想象"②。诗性的想象，对于诗意欣赏、写诗和做学问，都是重要的。有人讲"汉语言的诗性"，也含想象。

150. 废墟中的诗性。古埃及的那些伟大建筑，不知让多少人肃然起敬。中国、印度等国家，也有让人肃然起敬的古建筑。其中都有诗性。"经历了上千年禁欲主义统治的欧洲人，对古希腊罗马那些体现人的伟大和人性美的神殿建筑和世俗建筑以及雕刻艺术的废墟遗址，无不充满敬意和欣赏。这就形成'废墟文化'，'废墟美'的概念也由此而来。"③ 对所述废墟充满敬

---

① 发祥于山西省运城市闻喜县礼元镇裴柏村的裴氏家族，先后产生59位宰相、59位大将军，600多人被载入正史。如魏晋时期"中国科学制图学之父"裴秀，南北朝时期为《三国志》作注的裴松之，唐代的裴度等。转引自《红旗文摘》2017年第7期，第15页。
② 叶廷芳：《废墟之美》，《人民日报》2017年7月10日，第24版。
③ 叶廷芳：《废墟之美》，《人民日报》2017年7月10日，第24版。

意和欣赏，也包含一种诗性。中国宋代理学主张"存天理灭人欲"，与欧洲的禁欲主义，有共通之处，并且在时间上相当。人类命运乎？封建专制所致乎？

151.《韩诗》是汉代文人韩婴传播的《诗》（《诗经》），其中有韩婴对《诗》的解释。《韩诗外传》是以韩婴对《诗》的解释为主，加上其后学的解释形成的著作。后来传到日本等地。

152. 孔子所言"天命"，可能包括"人性"。天命高于人性，不仅包括人性，并且包括所有自然属性。孔子自称"五十而知天命"，大概就当时的认识水平而言。有人说他"罕言性"，弟子未"得而闻也"。实际上，孔子知性，言天命，性即在其中。其行为仁义，有我有你。

153. 欧洲"罗塞塔"飞行器对彗星与生命起源的探索，美国各飞行器对太空及外太空的探索和中国的有关探索，等等，开拓了人类的新视野、新境界、新乐趣、新想象、新理想、新希望，并将改变人类的生活，改变人类的发展。

154. 武扬近日写的《重游秦淮河》律诗，美景如在眼前。对仗工整。后两句，尤其让人感怀："谁吟六朝千古句，秦淮梦远倚亭楼。"

155. 流沙河《贝壳》："曾经沧海的你 / 留下一只空壳 /……放在耳边 / 我听见汹涌的波涛 / 放在枕边 / 我梦见自由的碧海。"有想象力,意境很好。

156. 陆地《致远方》,情深意切,思想深刻。
远方
就是没有去过的地方
就是没有去过也认为美丽的地方
远方
就是一见觉得熟悉的地方
就是去过还想再去的地方
远方
那是一角不会落泪的天空
那是一汪没有伤害的海洋
远方
就是花儿想开就开
就是鸟儿想唱就唱
远方
不是一个固定的地方
却是一个执着的方向
也许明天就会到达
也许永远都在路上
远方
不是遥远的他乡

甚至不是一个地方

那是一种信念，一种想象

一束照亮梦想和灵魂的阳光 ①

157. 歌曲有诗意。诗歌同源。《鸿雁》亦是。《鸿雁》原为蒙古族乌拉特民歌，吕燕卫作词、张宏光编曲，作为电视剧《东归英雄传》插曲，广为传唱。歌词如下：

鸿雁　天空上／对对排成行／江水长　秋草黄／草原上琴声忧伤；鸿雁　向南方／飞过芦苇荡／天苍茫　雁何往／心中是北方家乡／天苍茫　雁何往／心中是北方家乡；鸿雁　北归还／带上我的思念／歌声远　琴声颤／草原上春意暖；鸿雁　向苍天／天空有多遥远／酒喝干　再斟满／今夜不醉不还／酒喝干　再斟满／今夜不醉不还。

158. 民从小乐观鸿雁，南来北往飞过家乡。因而特别爱听《鸿雁》，现对歌词稍作修改，以更适合他唱：

鸿雁，天空上，对对排成行。

江水长，秋草黄，草原上琴声悠扬。

鸿雁，向南方，飞过芦苇荡。

天苍茫，雁何往？心中有可爱地方。

鸿雁，向北方，飞过大山岗。

天苍茫，雁何往？心中有理想希望。

---

① 陆地：《致远方》，《光明日报》2019 年 7 月 5 日，第 13 版。

鸿雁，向苍天，天空有多遥远？

酒喝干，再斟满，今夜不醉不还。

酒喝干，再斟满，今夜不醉不还。

159. 流行歌词："我知道：我的未来不是梦，我认真地过每一分钟，我的未来不是梦，我的心跟着希望在动。"是的，如此未来不是梦。

160. 有些诗文，有言外之情；有些音乐，有弦外之音；有些绘画，有画外之意。有里即有外，万事万物，无不如此。

161. 天下诗文无数，并且时刻增加。个人能看到的有限，永远看不完。只能欣赏遇到的，并且要进行选择。选择让你感动的，你能受到启发的。

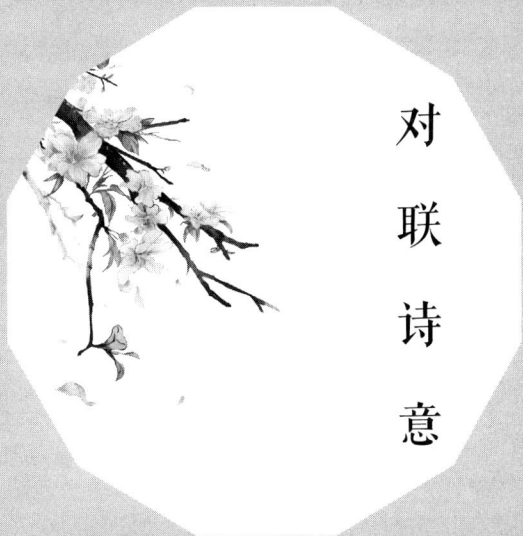

对联诗意

经历——
诗意

four

1. 对联有诗意。对联是中国文艺的一个特点。这与中国的方块字和诗赋有关。方块字独立性强，便于对应。诗赋中的对偶句，也便于成为对联。对联可贴于门面，挂于厅堂、门廊、亭柱等处，也可嵌于墙壁、路面，刻在山岩，雕饰橱柜，篆于镇纸等。好的对联，皆有诗意。古往今来，无数对联，诗意盎然。

2. 对联要求：上下联字数相等，对仗工整，平仄协调，含义相关。对仗工整：词性相对，名词对名词，动词对动词，形容词对形容词，数量词对数量词，副词对副词，连词对连词，介词对介词，助词对助词，叹词对叹词。平仄协调：上下联相对应的字词平仄对应，上联末字为仄声，下联末字为平声。含义相关：上下联内容有关联而不重复。① 一般如此，也有例外。如曾国藩联："天下无易境，天下无难境；终身有乐处，终身有忧处。"② 平仄不协调，但实有道理；既可以知人，又可以律己。又如："能不为忧患挫志，自不为安乐肆志。"③

3. 翁同龢父亲翁心存手书对联："惜食惜衣皆惜福，修孙修子在修身。"平常生活有深意。

4. 翁同龢手书对联："引经据古不阿当世，纵志舒节以驰大区。"④ 其书墨饱有力，其志独立不依，怀有远大抱负。

5. 翁同龢的一副对联。李鸿章亦曾书写："每临大事有静气，不信今时无古贤"。这副对联，"批林批孔"运动时广为人知。

6. 字句漫言作者意，对联常见前人心。对联这种文艺形式，上至庙堂广宇，下到厕所小池，都可鲜明展示。近代吴恭亨《对联话》、清代梁章钜《楹联丛话》等，多有记载述析。读之可感作者心理，能知前人情意。如己者、超己者，比比皆是。人都在人群里。

---

① 参见吴恭亨撰：《对联话》，喻岳衡点校，岳麓书社1984年版，前言第4页。
② 吴恭亨撰：《对联话》，喻岳衡点校，岳麓书社1984年版，第289页。
③ 林日耕编著：《阿耕与土楼》，中国文史出版社2013年版，第31—39页、第59页。
④ 《老年文摘》2019年12月2日，第12版。

7. 书室联。怀宁舒绍基自题书室联："读古人书，须设身处地以想；论天下事，要揆情度理三思。"[1] 切合实际，深通情理。这里的"设身处地"，至少有两层含义：一是设想自己处于古人境地；二是联系读者所处境地，联系实际。吴恭亨认为"下语亦饶有道气"，也是深通情理之意。此联真正可做读书人和论事人的座右铭。又某君联："读书作文，我用我法；莳花种竹，吾爱吾庐。"[2] 林则徐自题书室联："师友肯临容膝地；子孙莫负等身书。"[3] 左宗棠题家塾联："身无半亩，心忧天下；读破万卷，神交古人。"并系云："三十年前作此语以自夸，只今犹时往来胸中，试为儿辈诵之，颇不免惭恶，然志趣固不妨高也。安得谓德薄能鲜，谓子弟不可学老夫狂哉？"吴恭亨认为：左联"颇具西人冒险进取精神，他日文襄之功业，殆皆基此十六字"。左宗棠又一联："慎交游，勤耕读；笃根本，去浮华。"又联："要大门闾，积德累善；是好子弟，耕田读书。"[4]

8. 衙门联。2013 年 7 月 22 日，上午在内蒙古党校参加第五届中特论坛（主题为"全面建成小康社会与深化改革开放"），下午集体参观呼和浩特大召寺、将军衙署。将军衙署仪门对联："柳营春试马，虎帐夜谈兵"；第一进院东厢门联："佳气生朝

① 吴恭亨撰：《对联话》，岳麓书社 1984 年版，第 335 页。
② 吴恭亨撰：《对联话》，岳麓书社 1984 年版，第 335 页。
③ 吴恭亨撰：《对联话》，岳麓书社 1984 年版，第 336 页。
④ 吴恭亨撰：《对联话》，岳麓书社 1984 年版，第 288—289 页。

夕，清言见古今"；西厢："有为有猷有守，曰清曰慎曰勤"；正堂："议论作社稷谋，事业为黎民福"。这些对联，意境清新，言行谨慎，可见数百年前军政人才之心。

9. 饭店联。2013 年 7 月，在呼和浩特"御鼎盛"饭店看到一副对联："淡薄守心和五味，养生得正胜丹砂。"饭店彰显此联，诚为可贵。这和世界卫生组织提出的"合理膳食，适当运动，戒烟限酒，心理平衡"，精神实质一致，首先要合理膳食。作为饭店，强调"淡薄守心和五味"，精神可嘉。

10. 岳阳楼楹联："四面湖山归眼底，万家忧乐到心头。"此联与范仲淹《岳阳楼记》珠联璧合。

11. 福建永定，振成土楼联，"振乃家声好就孝弟一边做去，成些事业端从勤俭二字得来"；"在官无傥来一金，居家无浪费一金"（傥来：意外）；"从来人品恭能寿，自古文章正乃奇"，此为至理，唯正才能真奇；"振刷精神担当宇宙，成些事业垂裕后昆"；"振作哪有闲时，少时壮时老年时，时时须努力；成名原非易事，家事国事天下事，事事要关心"；"训蒙心存爱国，为学志在新民"；"振衣千仞岗，濯足万里流，大丈夫不可无此气概；成一代名人，作百代表率，士君子应该有是胸怀"①。

---

① 林日耕编著：《阿耕与土楼》，中国文史出版社 2013 年版，第 31—39 页、第 63 页。

善哉！皆要振作有为！阿耕门联父训："传家万事皆宜忍，教子千方莫若勤"，诚哉斯言，为人需忍需勤！

12.（唐）韩愈："书山有路勤为径，学海无涯苦作舟。"读书亦需勤。学习乃乐事，孔子曰："学而时习之，不亦乐乎！"

13."一勤天下无难事，百忍当中有泰和。"勤对每个人都有意义。"忍"的要义是平心静气，心平气和地对待人和事。

14.（清）张英："造物最忌者巧，万物相感以诚。"[①]巧：虚浮不实，与诚相对。曾国藩"三忌：忌巧，忌盈，忌贰"。其中"忌巧"，盖有鉴于张英联。"忌贰"之贰：有二心，不专一。

15.吴恭亨："大巧若拙，大辩若讷；相马以舆，相士以居。"[②]

16.对联蕴含真理。某人《题戏台》："做戏何如看戏乐，下场更比上场难。"《题书斋》："无求便是安心法，不饱真为却病方。"《佛座》："大护法不见僧过，善知识能调物情。"[③] 应当细心体会。

① 吴恭亨撰：《对联话》，岳麓书社 1984 年，第 335 页。
② 吴恭亨撰：《对联话》，岳麓书社 1984 年，第 335 页。
③ 袁枚：《随园诗话》下，北京燕山出版社 2007 年版，第 555 页。

17.（清）石韫玉^①："精神到处文章老，学问深时意气平。"确实如此。重在修养。（清）齐鲲^②："古剑不磨留养气，异书多读（dòu）当加餐。"有文武兼修之慨。

18. 孙中山："愿乘风破万里浪，甘面壁读十年书。"有志者事竟成。观其生平，风雨兼程。行迹倍远，读书亦多。创立民国，堪称圣雄。

19. 孙中山、张之洞对联。光绪年间，孙中山留学归来，途经武昌，想见湖广总督张之洞，即请门卫递上名片，注明"学者孙文求见之洞兄"。张看后不高兴，问是什么人，门卫说是一儒生。张即写了一行字，叫门卫交给孙。纸上写道："持三字帖，见一品官，儒生妄敢称兄弟。"（三字帖，又作三寸帖）孙看后微微一笑，也写一行字，"行千里路，读万卷书，布衣亦可傲王侯"，请门卫给张。张看后暗自吃惊，即让门卫大开中门，亲自迎孙^③。此副对联，可见孙张二人心胸。

20. 周恩来："与有肝胆人共事，从无字句处读书。"可参读其诗："大江歌罢掉头东，邃密群科济世穷。面壁十年图破壁，难酬蹈海亦英雄。"有大志者，理当如此。

---

① 石韫玉（1756—1837），江苏吴县人，字执如，进士。曾任四川重庆府知府、山东省按察使，著有《独学庐诗文集》。
② 齐鲲（？—1814），福建侯官县（今属福州）人。进士，改庶吉士，授编修。任过起居注、河南河工等。曾出使琉球。著有《东瀛百咏》。
③ 《老年文摘》2017年9月11日，第12版。

21. 徐特立："有关家国书常读，无益身心事莫为。"不愧为人师表。

22. "养天地正气，法古今完人。"该联出自文天祥《正气歌》，民国时东吴大学作为校训。可以正己，可以树人。

23. 泰山有联："笔底江山助磅礴，楼前风月自春秋。"此是何等气概，何等胸怀！何等眼光，何等境界！耐人寻味，发人感怀。

24. 王羲之："遇事虚怀观一是，与人和气察群言。"

25. 曾国藩："大处着眼，小处着手。独居守心，群居守口。"

26. 启功："行文简浅显，临事诚平恒。"

27. 明代书画家徐渭书屋联："读不如行，使废读将何以行？蹶方长知，然屡蹶讵云能知？"辩证思维，寓答于问，阐明知和行、读书与实践的关系。又联："未必玄关别名教，须知书户孕江山。"① 不必以门庭大小区分等级名分，须知书屋包孕天下。

---

① 《老年文摘》2017 年 9 月 18 日，第 12 版。

28.中央党校楹联。2015年，中央党校校园，新设置一些楹联，相应增添文化气息，很有诗意。如六合亭楹联："诗思夜深无厌苦，画名年高不嫌低"（齐白石自况联）；正蒙斋联："君子温其如玉，大雅卓尔不群"（原为康熙题赠文华殿大学士兼吏部尚书张玉书匾额）；小住为佳亭："五体六书呈奥妙，千山万水见精神"；大有书局："数百年旧家无非积德，第一件好事还是读书"；听雨亭："宠辱不惊，闲看庭前花开花落；去留无意，漫随天外云卷云舒。"[1]（康熙题张英草堂化为："白鸟忘机，看天外云舒云卷；青山不老，任庭前花开花落。"时张英已退休。忘机：忘却人类的诡诈捕捉。机：计谋智取机巧。）

29.二味书屋[2]一层正门联："为学深知书有味，观心澄觉湖生光"（第七届中国书协副主席孙晓云书，出自欧阳询《九成宫醴泉铭碑》"为学深知书有味，观心澄觉室生光"。她将"室"改为"湖"。观心澄觉，应是源自佛学。观心，是观察审视自己的内心；澄，指净、寂，清净，澄清；觉，觉悟，感悟，参悟，感觉，觉知，自觉觉他。《楞严经》偈语有"觉海性澄圆，圆澄觉元妙"）；二层正面：匾额"鉴水平云"，楹联"鉴形鉴心，性当鉴水；平恼平欲，志尚平云"，均是刘景禄题，刘炳森书；据刘景禄先生讲，此联上句源自《庄子》"鉴于止水"，下句源自陆游"云雨栏杆一样平"；二味书屋一层后面，"静则生明养

---

① （明）洪应明：《菜根谭》，吉林文史出版社1995年版，第163页。
② 中央党校二味书屋，2014年前为"鉴水平云"茶楼，再前为"上下天光"观景楼。

心有主，温而能断临事无疑"，横额"春风一路"，启功书，此联"应是清末曹广桢赠予其友维墉仁的楷书八字联"①；二层后面，"白云抱幽石，绿筱媚清涟"，孙伯翔书，出自东晋谢灵运《过始宁墅》。绿筱，绿色细竹。该联指环境优雅②。

30. 中央党校湖心亭联："书以钟张为祖，文升秦汉之堂"（钟张：即钟繇和张芝。钟繇：曹魏时期书法家，擅长楷书。张芝：东汉时书法家，擅长草书，有"草圣"之称。秦汉时期文章水平高）；平湖秋月亭："春水船如天上坐，秋色人在画中行"；聚观亭："无力东风花半露，有情春水燕双飞"，骆成骧联，骆是四川人（1865—1926），有《骆成骧撰题联》；湖心岛坦荡荡："天高地迥襟怀豁，岳峙渊渟气象恬。"③（渟：tíng，水不流动的样子。该联是说人胸怀广阔，气象从容恬静。）

31. 中央党校新疆花园广场联："守法奉公清正方成吏道，设官分职文武各有曹司。"王冬龄书。

① 赵腊平：《静则生明 温而能断》，《学习时报（干部教育专刊）》2016年1月16日，第4版。本节所说中央党校楹联，参考赵腊平2015年11月至2016年1月间在《学习时报》上发表的有关文章。
② 赵腊平：《学海无边苦为舟 寓情山水陶心性》，《学习时报（干部教育专刊）》2016年3月21日，第4版。
③ 赵腊平：《心宽气象恬 风清好赏月》，《学习时报（干部教育专刊）》2016年2月29日，第4版。

32. 中央党校东方欲晓亭联："琴诗酒伴皆抛我,雪月花时最忆君",王冬龄书,该联出自白居易《寄殷协律》诗:"五岁优游同过日,一朝消散似浮云。琴诗酒伴皆抛我,雪月花时最忆君。几度听鸡歌白日,亦曾骑马咏红裙。吴娘暮雨潇潇曲,自别江南更不闻。"中华人民共和国成立后,毛泽东闲时手书古代诗词中,就有这一首。有人评论说:毛泽东书《寄殷协律》跳宕性情,柳暗花明。章法气韵均佳。首字特别有力有韵,"抛"字动感特殊,似急旋掷球,力在形外。后三行,露锋较多,显得漂游浮动,是毛泽东书法艺术的精品之一。1968年,日本文学家川端康成领取诺贝尔文学奖时,曾引用"琴诗酒伴皆抛我,雪月花时最忆君",以形容日本民族的审美意识,并用"雪月花"概括日本文化中人与自然万物交互感念的传统。如今,"雪月花"已成为日本的惯用语之一,泛指自然界所有的美丽景物。该联上悬匾额:"妙造自然",出自司空图《二十四诗品》:"妙造自然,伊谁与裁。"意为艺术追求自然而然,看不到人工痕迹。李苦禅也说:"会须意兴所至,信手挥洒,心纸无间,笔墨契合,才情风发,妙造自然。""妙造自然"是中国美学关于艺术与自然审美关系的一个传统命题,堪称中国艺术理论的精髓。[①]

---

① 赵腊平:《蛟龙笔翰生辉 妙处难与君说》,《学习时报(干部教育专刊)》2016年3月14日,第4版。

33.中央党校一食堂东门联:"啸起白云飞七泽,歌吟绿水动三湘",郑诵先书,章草体。意谓:我真想咆哮,让咆哮响彻云霄,飘扬于各大湖泊的天空;我真想歌吟,歌吟得三湘绿水,都能快乐地流动。该联出自李白《自汉阳病酒归寄王明府》诗:"去岁左迁夜郎道,琉璃砚水长枯槁。今年敕放巫山阳,蛟龙笔翰生辉光……啸起白云飞七泽,歌吟绿水动三湘。"七泽:泛指楚地各湖泊。三湘:湖南有"三湘四水"之称。这首诗是李白在流放途中得知被敕免而写的。该联上悬匾额:"爱憎分明",亦是郑诵先书,出自续范亭《延安五老》,"爱憎分明是本色,疾恶如仇不宽恕"[1],等等。皆有相应的诗意,让人各有兴会,或省悟思索,或想象体会,或含味审美……

34. 2016年,中央党校为"一大"红船及"一大"资料展,向社会征集对联,收到339副作品,从中选出2副:一是王赞峰的"南湖泛舟开天辟地定乾坤,掠燕求是继往开来安天下";二是杨通云的"神州不二舫,党史第一篇"。我应离退休干部局和燕京诗社号召,根据历史记载"一大"情况应征拟联,"一船风雨鸿鹄志,万里云烟世界情",未入选。

---

① 赵腊平:《蛟龙笔翰生辉 妙处难与君说》,《学习时报(干部教育专刊)》2016年3月14日,第4版。

35. 与楹联相应，中央党校 2016 年增加一些匾额，如："静心放下"（六合亭，孙晓云书），"上善若水""厚德载物"（秋观楼，孙晓云书），"颂声载道"（二味书屋北山墙），"勤勇精进"（第一食堂后墙）；隔段时间又在六合亭匾额"静心放下"添置楹联："妙地引人徐入胜，好山一望始开怀"（孙晓云书），此真胜境之联，恰如其分。后来陆续增加，正蒙斋、绿杨宾舍内也有。诗意的文化氛围，蕴含教育意义。

36. 中央党校楚园小路上，有用碎瓷片镶嵌的对联："惜花春起早，爱月夜眠迟。"耐人含味。以前曾多次经过楚园，其间小路皆嵌对联或诗句，没有及时记下，而今看不清了，有的已在修路时被弄坏了。

37. 古北水镇一副门联："栽培心上地，涵养性中天。"此乃郑燮创制，注重养心养性。心需栽培，性需涵养。心地要宽阔，开朗，公平，善良；天性要自然，纯真，无畏，向上。

38. "鸟在笼中恨关羽不能张飞，人活世上要八戒更需悟空。"[1] 微信传联，一语双关。既有哲理，也挺有趣。

39. "道义无古今，功名有是非。"可谓载道之联。

---

[1] 丁酉七月，英儒书于古徒堂。

40."阶前春色浓如许，柳上风光翠欲流。"①其景如在目前。

41.徐州即古彭城，清代设府，为河漕重地，专设监司管之，盖兵备道而兼管河防者也。宛平张鼎（观察使）自撰道署楹联曰："地当黄运之中，水欲治，漕欲通，千里河流，涓滴皆从心上过；官作军民之主，宽以恩，严以法，一方士庶，笑啼都到眼前来。"又武威孙治（太守）自作府署楹联曰："官有典常，任一日则尽一日之心，况兼地广事繁，敢不夙兴夜寐；民供正课，宽几分则受几分之惠，纵使时丰岁稔，常如怨暑咨寒。"②皆不失仁人之言，胜于扷张③形胜者矣。

42.清代雍正皇帝，1729年为曲阜孔庙题联："先觉先知为万古伦常立极，至诚至圣与两间功化同流。"乾隆皇帝1748年为孔庙题联："觉世牖民诗书易象春秋永垂道法，出类拔萃河海泰山麟凤莫喻圣人。"④

43.《红楼梦》的两副对联，"假作真时真亦假，无为有处有还无"，"世事洞明皆学问，人情练达即文章"。

① 刘忠焕：《春联辉映大地》，《人民日报》2018年2月10日，第12版。
② 【清】梁章钜等：《楹联丛话》。
③ 扷张："扷，shàn，抒发、铺张，扷张犹夸张。
④ 孔德平主编：《孔庙孔府对联》，现代出版社2008年版，第1、4页。

44. 颐和园澄鲜堂联，"已欣春景丽如许，又见西山云吐新"，纯属闲情逸致。对联不全工整，但有新意，新在下联。

45. 朱元璋有"对联天子"之称。据传他与刘伯温下棋说："天作棋盘星作子，日月争光。"刘对："雷为战鼓电为旗，风云际合 。"气势恢宏，胸怀广阔。

46. 北京东四四条一家酒店书法对联："贤者所怀虚若谷，圣人之气静于兰。"① 可修改为"贤者胸怀虚若谷，圣人气质静如兰"。

47. 网传某人死亡资料，徐士泰看后深有所感，想起进合肥第一个春天，看到街头的一副对联："富贵三春景，平安二字金。"认为，"今天用它看其一家遭遇，发人深思。"的确如此。平安远比富贵重要。前人总结有道。

48. 佳县神泉高家门联："光前须种书中粟，裕后必耕心上联。"门楼匾额："忠厚承家。"

49. 邓宝珊联："碧血有痕留战垒，青山无语拜碑亭。"②

---

① 该联出自某人博客集联："每临大事有静气，不信今时无古贤。经多实践心方静，看破浮名意自平。事到盛时须警省，境当逆处要从容。品若梅花香在骨，人如秋水玉为神。贤者所怀虚若谷，圣人之气静于兰。洞悉世事胸襟阔，阅尽人情眼界宽。遇事虚怀观一是，与人和气察群言。"查阅搜狗，未具作者姓名。不知何人为此。可谓有意者也。

② 见榆林邓宝珊纪念馆。

50.阎锡山克难坡望河亭联:"裘带偶登临,看黄流澎湃,直下龙门,走石扬波,淘不尽千古英雄人物;风云莽辽阔,正胡马纵横,欲窥壶口,抽刀断水,誓收复万里破碎山河。"[①]英雄气概,不让古人。东坡谓:"浪淘尽千古风流人物";锡山讲:"淘不尽千古英雄人物",并以"收复万里破碎山河"为己任。这是何等人物!超然开辟新途,揭示新意境。

51.对联无尽,诗意无数;遇见佳联,真可当歌。

[①]《克难坡逸事》,中国国际新闻出版社2011年版,第13页。

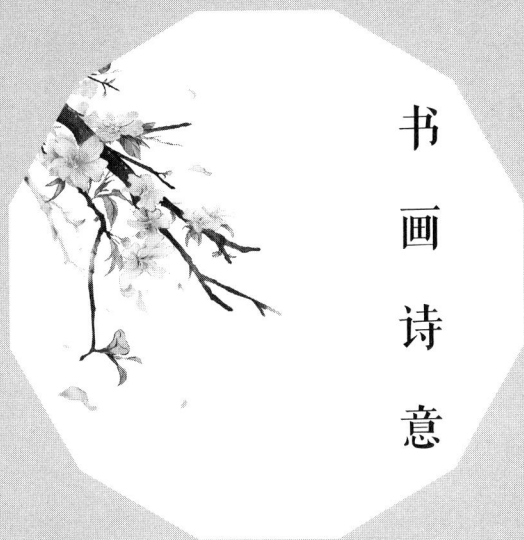

书 画 诗 意

1.诗有诗意，对联有诗意，书法和绘画亦有诗意。或者说，绘画是诗意的一种表达，书法亦是。

2.诗书画同源：一源于存在与生活；二源于心之感悟和思索；三源于审美；四源于对文明及艺术的追求；还源于远古符号及象形文字。

3.书法中有种"气"和"势"，要"顺气""顺势"而为。此外，还有"时"，要"顺时"。"时"是外在的，"气"是内在的，"势"是接物的。诗词何尝不需"顺时、顺气、顺势"？画亦如此。万事万物，皆有此理。

4. 2016年7月初，廖小鸿送我一幅自画的《荷》，画面右上题写："一花一世界，一叶一如来。花木源一体，浩歌九霄外。但为红尘缘未了，化作一莲人间开。"前两句属佛经，后四句是他的诗，合起来很有意思。盖其名印，加"道法自然"章。其诚可感，画亦美观。

5.《翰墨长征书法展》，2016年8月31日在中央党校档案馆开展。其中多数书写毛泽东诗词。也有相关诗词，如叶剑英《羊城怀旧》："百战归来意气雄，廿年人事各西东。关心最是公园路，十仗红棉依样红。"（刘善军书）"观化乐天与山同静，游和抱朗随地为春。"（董文海书）章草、行草、狂草、篆书、隶书都有，还有一幅蒙文书法。但缺少楷书。

6. 2016年9月8日，到中央党校档案馆参观《中国革命领袖诗词书法展》，其中有人书写毛泽东1947年《喜闻捷报》诗："秋风度河上，大野入苍穹。佳令随人至，明月傍云生。故里鸿音绝，妻儿信未通。满宇频翘望，凯歌奏边城。"（原诗自序："中秋步运河上，闻西北野战军收复蟠龙作。"①）此诗气象苍茫，有古代边塞诗味。书法展中，多写毛泽东诗词，也有孙中山遗嘱及陈毅诗词，等等。

---

① 中共中央文献研究室编：《毛泽东诗词集》，中央文献出版社1996年版，第183页。

7. 李鸿章手书诗一首："枫叶芦花并客舟，烟波江上使人愁。劝君更尽一杯酒，昨日少年今白头。"① 引用前人诗句，表达自己的心情。但不知其愁何事，感叹年华易逝？

8. 康有为手书宋代王安国《梦觉》诗，盖借以自娱："万顷波涛木叶飞，笙箫宫殿号灵芝。挥毫不似人间世，长乐钟声梦觉时。"② 书法宽松大气，布局和谐，诗尤耐人寻味。

9. 于右任手书对联："风雨一杯酒，江山万里心。"③ 何等境界，何等胸怀！

10. 启功手书陆游晚年诗句："万卷古今消永日，一窗昏晓送流年。"④ 盖借陆游诗句，以状自身晚景。

11. 张伯英⑤ 书法对联："阶兰庭桂三珠树，甘露嘉禾五瑞图。"老友沈文昌临摹赠我。我深以为感，殊觉温暖。

---

① 古今书画鉴赏暨田原作品展，中共中央党校 2016 年 3 月 24 日开展。此诗盖出自郑板桥《道情儿》集前人诗句。
② 古今书画鉴赏暨田原作品展，中共中央党校 2016 年 3 月 24 日开展。
③ 古今书画鉴赏暨田原作品展，中共中央党校 2016 年 3 月 24 日开展。
④ 古今书画鉴赏暨田原作品展，中共中央党校 2016 年 3 月 24 日开展。
⑤ 张伯英（1871—1949）是徐州铜山榆庄人，和徐树铮是同窗好友，也是徐树铮的父亲徐葵南先生的学生。我少年时曾随父亲到榆庄走亲戚。

12. 书画家诗人梁志斌，1972 年《诗赠郭风惠先生》句："寻常巷陌寻常宅，藏有回肠荡气文。"[①] 读后有感，即吟："寻常读者寻常人，亦念回肠荡气文。"

13. 2016 年 10 月，梁鸿赠我专著《二十世纪北京书画名家述评》，并赠我一幅其父梁志斌先生的书法："蕙兰能解语，书画可怡神。"可谓受益良深！

14. 梁志斌诗句："诗书入画画精神，千古文章在做人。"（梁鸿发于朋友圈）诚哉志斌！诗书入画，重在精神，为不刊之论。文章多多，要在做人。做事谋国，终其目的，亦在做人。

15. 汉中书画展[②]"前言"中说："萧何谏刘邦：'语曰天汉，其名甚美'。故汉业名自汉中，汉朝名自汉王基，其后以'汉'而冠名者，固缘自汉朝……"展中书法有："石门古道人文地，巴山汉水鱼米乡。"于右任《洛阳》诗句"兵挫心犹壮，途长气益增"；赵建军联并书："汉上春水逝东流，石门遗韵万古秋"；等等，均耐人寻味。

16. 洛阳人酒店水溪园姚黄厅，墙壁上挂有书法：（南宋）戴复古诗句："东园载酒西园醉，摘尽枇杷一树金。"率性之意境，跃然纸上。

---

① 《荣宝斋》期刊 2016 年第 60 期，第 8 页。
② 2017 年 10 月在中央党校展出。

17. 李泽厚认为：在中国所有艺术门类中，诗歌和书法最为源远流长，历时悠久。书法和诗歌同在唐代达到无可比拟的高峰，既是这个时期最普及的艺术，又是这个时期最成熟的艺术。且书法与诗歌相辅而行，具有同一审美气质，亦是唐时艺术精神的集中体现①。在我看来，绘画，在人类艺术史上也极为源远流长，甚至可能更久远，由考古学家的岩洞绘画考古可知。唐代的绘画，也达到一个高峰。

18. 梁鸿在朋友圈介绍孙荣彬与郑诵先、梁志斌及郭风惠等几位书画朋友交往的诗作，使之不至于被历史湮没。其中孙荣彬诗："卧榻呻吟老病身，何期佳士惠然临。诗情敦厚张新意，书法端妍见匠心。已是贤豪多挚友，却将衰朽作通人。辄贪与子常攻错，争取残年过百春。"梁志斌奉和孙荣彬诗句："山水苍茫诗入画，龙蛇飞舞印惊人。青衿学子将何赠，祝与彭籛②八百春。"③意蕴真挚感人，不应被历史遗忘。梁鸿发掘出来，公之于世，亦有功焉。读后深有感触，即复："难得佳作，呈现于世，惠益无数，功将不没。"

19.《在意——第三届中国油画双年展》的序言"意匠"（作者许江），殊有诗意，文笔凝练，含义深远。

---

① 李泽厚：《美的历程》，参朱雷刚：《草书的诗性美》，《学习时报》2016年8月18日，第6版。
② 彭籛（jiān）：即彭祖。彭祖姓籛。
③ 另见梁鸿著：《二十世纪北京书画名家述评》，学苑出版社2015年版，第205页。

20. 看《守望》那幅画时，我感到宁静吉祥。今见饶宗颐书法"常安乐，大吉祥"①，亦感到很有诗意，此其晚年生活感悟？中青年人，常安乐则易失进取心；中青年人，很少能够常安乐，大都在为学习、工作和生活而奔波。老年人，能够常安乐者，大概也是少数。人到老年，确需这样一种状态。大吉祥，盖指大健康与社会和谐。

21. 1945 年 9 月 6 日，孙俍工与毛泽东在重庆见面时，展看毛泽东书写送他的《沁园春·雪》，称赞说："好！仿古而不泥于古！尽得古人神髓，而又能以己意出之，非基础厚实者莫能如此。况你由行而草，竟能卓然自创一体，真不简单！你笔底自由了！"②此话主要讲书法，诗词不亦如此？"仿古而不泥于古！尽得古人神髓，而又能以己意出之"，诗词书画，皆当如此。

22. 画家潘天寿（1897—1971）说，"灵感为绘画之灵魂，技巧为绘画之父母。然须以气血运行而生存之，气血者何？思想意识是也"，"画须有笔外之笔，墨外之墨，意外之意，即臻妙谛"，"画事须有高尚之品德，宏远之抱负，超越之见识，厚重渊博之学问，广阔深入之生活，然后能登峰造极"，"中国画

---

① 《学习时报》2017 年 2 月 1 日，第 4 版。

② 汪建新：《惊涛拍岸千堆雪》，《学习时报》2017 年 2 月 24 日，第 8 版。孙俍工是毛泽东在长沙一师时认识的老师，才华横溢，书法飘逸俊秀，独树一帜，曾教毛泽东书法要领。

以意境、气韵、格调为最高境地"①。诗书画相通，中国诗亦如此，需要灵感、技巧、思想意识；需含不尽之意见于言外；须有高尚之品德，宏远之抱负，超越之见识，厚重渊博之学问，广阔深入之生活；须以意境、气韵、格调为最高境地；然后能登峰造极。"潘天寿注重'写生'。他的写生却不是简单的对景描摹，往往是先得诗情，再得画意，诗情、画意共同构成了他演绎造化的契机。""潘天寿倡导'一味霸悍'。他说：'石涛好野战，予亦好野战''野战，须以霸悍之笔出之'。这种纲举目张的'霸悍美学'，一反元以降文人审美强调的温文尔雅、清虚冲淡。""潘天寿青年时曾自题匾额曰'崇德'，其'德'字特异，作'真''心'二字叠加之形。真心为德，直道为真，真心直道而行，既是潘先生的人格写照，也是其艺术作风。"② 这些也是为诗者值得注意的。

23. 申石伽③（1906—2001），浙江杭州人，"不仅画艺精湛，而且擅长诗词和书法。他在画上题的诗，平实近人，自然流畅，深入浅出。题画诗贵有画外意。有画外意，可补画中所无，这在画外又添一景。多种内容不同的题画诗，从画境出发，即兴发挥，引申发挥，浮想联翩，各具特色，汇为诗画相配、诗画结合的景观。真所谓'画中有诗，诗中有画'。看

---

① 《潘天寿谈艺录》，《光明日报》2017 年 5 月 11 日，第 12 版。
② 高士明：《清刚正大高风峻骨》，《光明日报》2017 年 5 月 11 日，第 12 版。
③ 伽：1.qié，佛寺，沉香。2. jiā，伽倻琴，朝鲜族弦乐器。3. gā，伽马刀，伽马射线。

画读诗，诗意益彰；读诗看画，画境益远。石伽的诗，是画家的诗，更是诗人的诗。他题写的书法，与他的画一样，纯是任性，活泼流丽，秀逸雅致，疏朗清奇。画传形，诗言志，书写意。"他晚年书写的一首题竹诗，虔诚地表达了他的心境和信念："墨饱心宽自在身，淡然几笔复天真。一枝大竹通宵汉，塑个顶天立地人。"① 从这里可以看出，诗与画及书法结合，具有相得益彰之诗意。申石伽的画，网上约有 40 多幅，给人以超凡脱俗的诗意。

24. 参观《李瑾书画艺术展：思源致远》②。印象较深的是《春风吹入小河湾》《闲云有闲心》《大智若渔》《自然造化 智巧不及》等，洁静而感人心思。其书画艺术，蕴含诗意般的宁静。

25. 李良《枝头》画③，录题苏轼诗："论画以形似，见与儿童邻。作诗必此诗，定知非诗人。诗画本一律，天工与清新。当其下笔风雨快，笔所未到气已吞。"其中"作诗"亦为"赋诗"。李良说他最欣赏的，并且感受最深的是"天工与清新"。李良《山水画选》25 幅作品，几乎每幅都是韵味自然、清新深远的诗。"诗画本一律"，诗亦贵"天工与清新"。

---

① 龚心瀚：《最难得"墨饱心宽自在身"——写在申石伽先生诞生 110 周年之际》，《文汇报》2016 年 8 月 21 日，第 7 版。
② 李瑾书画艺术展，2017 年 5 月在中央党校展出。
③ 李良画展，2017 年 6 月在中央党校展出。

26.李良另一幅画题记:"大山任我安排,树木亦由我栽。此我心中图画,管它是那一派。余数次去太行写生,得其印象画之,并非某个山头也。岁在丁亥夏月 李良于心远斋"。很有创意和诗意。其中"管它是那一派",我现场与他对话时,他说"管它哪宗哪派"。后一说,更符合他的心意。

27.苏轼《和子由论书》:"吾虽不善书,晓书莫如我。苟能通其意,常谓不学可。"这是经过相应学习,取得一定成就、达到某种境界后,才悟出的道理。"晓书"与"通其意"了,才谓不学可。言外之意,有事须做,不为书耽搁。

28.萧龙士百岁画作《香远益清》,有人评论说,"这幅作品堪称旷世之作","意趣之高,不让古人","笔墨苍厚老拙,点线力能扛鼎,清趣充盈,生机盎然"。"笔者有幸看到过萧龙士先生挥笔写兰,至今难忘,萧先生体格清瘦,精神却极佳,言语不多,行动沉稳,提笔却如神助,'笔所未到气已吐'。"这幅荷花"立意高简""不着一点颜色,尽得清远高境,大有君子自比之意"。评论人引用萧老百岁自作诗:"身经四代近百春,历尽风霜与艰辛。层层险滩无所谓,酸甜苦辣顺口吞。"并认为正是这种心态,让萧老活到102岁,"笔力不朽,内美充盈",也验证笔墨艺术是祛病增寿的良药,"通会之际,人书俱老"①。评论得非常适当。萧老"酸甜苦辣顺口吞",极为朴实,而又寓意极为坚强,亦可为训。

_____

① 《中国文艺评论》2017年第6期封二,评论人程大利。

29. 1987年春节，萧龙士挥笔画兰，并题："退笔劣墨漫写兰，以此求工倍觉难。八十年来千万纸，留与人间品长短。——丁卯春节，国泰民安，万家欢腾，百岁老人萧龙士，高兴一挥，喜为题记。"① 有历史时代感。这幅兰，可以和他97岁时给我写的那幅兰相比较，都很好。尤其这首诗与题记，特别耐人遐想。百岁老人能这样，世所罕见。他98岁时画祝刘海粟师91岁的兰，也非常喜气。

30. 启功《谈诗书画的关系》："一首好诗和一幅好画，给人们的享受各有一定的分量，有不同而同的内核"，"探讨诗书画的关系，可以理解前人'诗禅''书禅''画禅'的说法，'禅'字当然太抽象，但用它来说诗、书、画，本身有许多不易说明的道理，反较繁征博引来得概括。那么我把三者关系说它具有'内核'，可能词不达意，但用意是不难理解的吧……诗书画三者间，也有其异中之同和同中之异的。"②

31. 题画诗与咏画诗。至少从李白、杜甫以来，题画诗与咏画诗，即流行于世，宋代达到一个高峰，清代又达到一个高峰。北宋晁补之说："诗传画外意，贵有画中态。"清代方薰说："高情逸思，画之不足，题以发之。"宋代蔡绦说："丹青、

---

① 王智科:《百岁松不老，高艺万古春——萧龙士先生其人其艺》，《萧县文苑》2018年2月。其中有为刘海粟91岁画的兰。
② 蔡晓妮:《"作文简浅显，做人诚恒平"——〈坚净居忆往〉编后》，《光明日报》2017年6月20日，第16版。

吟咏，妙处相资。"这三人之说，大体概括了题画诗或咏画诗与画作的关系。王安石主张："自出己意，借事以相发明。"清末重臣恭亲王奕䜣，也是位诗人，他《再题歌唐集句图小照》："铅刀甘且学雕虫，成癖成魔二雅中。晚节渐于诗律细，此心期与古人同。荣枯事过都如梦，烦恼身须色界空。好句未停无暇日，陶家柳下有清风。"[①] 民国初期，题画咏画诗，也还不少。

32. "空白"为生活中常有、应有，亦为艺术创作中的一种技艺。在艺术中，也叫"留白、布白、飞白"。所谓"言有尽而意无穷""可意会而不可言传"亦是。"把酒对斜阳，无语问西风"（杨炎正《水调歌头》），"泪眼问花花不语，乱红飞过秋千去"（欧阳修《蝶恋花》），皆有留白而意味无穷。

33. 梦青书法："发上等愿，结中等缘，享下等福；择高处立，寻平处住，向宽处行。清代左宗棠题于江苏无锡梅园，岁次己亥春月古嶺斋梦青书。"整齐平正，布局合理。笔力千钧，腕底出奇。

34. 毕越书法："天地褒贬，自有春秋。"[②]

---

① 以上引文见孙浩宇《集句题咏》，《光明日报》2017年8月7日，第13版。
② 2019年11月27日—12月7日，在中央党校美育馆展出。

35. 印章诗意。明刻《刘屏山集》前，有萧梦松印，印文36字："名山草堂，萧然独居。门无车马，坐有图书。沉酣枕集，不知其余。俯仰今昔，乐且宴如。萧蓼亭铭。"[1] 这是萧蓼亭（梦松）的藏书印文，颇有诗意。读书之乐，跃然其里。

36. 书画家印章的诗意，更是不知凡几。

37. 摄影有诗意。摄影家郎静山（1891—1995），以摄影集锦的方式，表达美妙的画意，更具有诗意。

38. 评治宇西游伊宁某湖骑马照片："老而不愚，反而更壮。海阔天空，骏马扬鞭；英姿飒爽，铁木真当年。"又在其总结此行时称："此行壮哉，人生之幸。"治宇，自称老愚，是我同学。2016年8月20日至9月7日，他西游甘肃和新疆（兰州、敦煌、乌鲁木齐、伊犁、伊宁等地），往返18天。每天以诗文纪行，并发微信和照片（夫人同行），不仅自己扩大见闻感到快乐，也给亲友、同学等增添不少知识和乐趣。

39. 徐凤翔《西藏高原生态图片展》颇具诗意，并有她写的几首诗：（1）小木屋前（配照片）："小木屋前驻望，思绪万千绵长。前景云深何处？霞光为我导航。"（2）雅江双柳（配

---

[1] 方宝川：《方寸乾坤：古代藏书章的文化意象》，《中国社会科学报》2019年8月22日，第8版。

照片）："茫茫高原路，雅江源流长。植根沙基地，相依傲沧桑。——谨以此景，自贺金婚，更祝诸君"（3）应征召："山川钟灵秀，斯人应征召。迢迢风雪路，地长天不老！"（4）廿载艰辛："廿载艰辛弹指间，尼洋河畔水潺潺。浅草青青林郁郁，高原木屋自安然。"[①] 她还说：她"写文章，一个字一个字熬油"（说有观点，高度概括，再具体）。这句话，说明其写文章之慎重，形象生动，很有诗意。其座右铭"一息尚存，不落风帆"，亦富有诗意！她是深得实感而发的。一人一番风景，诗意常存生命中。

---

① 以上四首诗题，是王彦民根据题意，引用时加上的。2016 年 9 月 18 日，王彦民和中央党校老教授协会负责人亓成章、张燕喜、纪春英一起，为开展集体活动，到徐凤翔家采访，听其介绍情况并参观其展示的西藏高原生态图片和诗作。

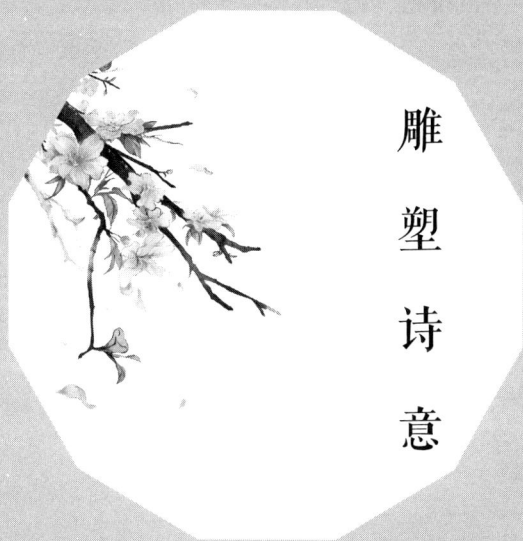

雕塑诗意

经历
——
诗意

SIX

1. 雕塑是表现诗意的一种形式。几乎所有雕塑都有诗意。

2. 吴为山雕塑题词[1]，和其雕塑一样，蕴含诗性，表达其感悟和认识。他带着自己的思考和判断，画龙点睛，非常深刻精准，殊能引人注意，发人深思。如：

题齐白石塑像："深邃中带着好奇与新鲜感，也带着思考与判断，更带着对形、神的归纳。"他是深懂齐白石的。齐白石的深邃，主要体现在其美术作品及诗文中，也体现在其生活态度和思想观念中。齐白石对自然和人类社会的认识，是深邃的。

题老子塑像，"上善若水""水韵潺潺，缓流山涧，慧如泉

---

[1] 2015 年 8 月至 11 月，中央党校综合楼前：吴为山雕塑展。

涌，生生不息""老子不似孔子，老子恍惚，物在恍惚中，象在恍惚中……"

题马三立，"逗你玩""他在二十世纪四十年代便活跃于艺坛""亲切，自然""三立：立德、立功、立言""我想塑马三立已经十多年了""他是天生的一件雕塑""神态顾盼、扬手投足之间，传递隽永的艺术神韵，似乎正于不经意处抖出'逗你玩''卖猴'的包袱""马三立说：'观众称我为艺术家，我认为艺术家当把生命的精华全部奉献给艺术。'"。

题林风眠（1900—1991）："孤云独去闲。"

题于右任："这位长髯的智者，心系的是精深、厚重、博大的民族文化。立于高山兮，望我故乡……"当然，于右任也是一位极具雄心壮志的爱国者，并有深切的人类关怀。

题熊秉明："行走的人 —— 作为哲学家的熊秉明""跨步 —— 一边东，一边西，身后留下观念与艺术。书法、雕刻、绘画、理论。"

题薛福成（1838—1894）："近代散文家、外交家，洋务运动的领导者之一。"薛著有《庸庵文编》《庸庵海外文编》等。

题行吟中的林散之："诗人、画家、书法家""寿眉长挂、嘴角微翘、一身书卷气息的老者，独自拄着拐杖，漫步于山野竹林、小桥流水的自然中，养气吟哦，这是何等的自在啊！"

题超越时空的对话 —— 达·芬奇（1452—1519）与齐白石（1864—1957）："意大利文艺复兴的巨匠达·芬奇以其科学与艺术最完美的结合在人类文明史上耸起一座巍然的丰碑。中国现代绘画大师齐白石主张艺术贵在似与不似之间，追求心灵的真实。在东方、西方不同的空间，在古代、现代不同的时间，两位艺术大师仿佛在作穿越时空的对话。"

题孔子问道老子："孔子适周，曾问道于老子。老子新沐披发，与孔子语以深藏若虚、逢时而动的思想观念。孔子归，以告弟子：今见老子，其犹如龙邪！""雕塑造型一刚一柔，若擎天立柱，矗于精神空间。""老子（约公元前571—公元前471年），中国伟大的哲学家、思想家。孔子（公元前551—公元前479年），中国伟大的思想家，哲学家，教育家。"

题哲学家梁簌溟，"真正的思想者！""知识分子的价值在于思想，为民族、为全人类而思想""知识分子的可贵在于率真，为学术，为真理而倔强"。思想的价值，在于探索真理，发现真理。

题鲁迅（1881—1936年），"民族魂"，"现代伟大的文学家鲁迅，以笔作刀剖析了人间百态，揭露丑恶、歌颂真善，旨在医治人们精神的疾苦""我在三刀两刀中塑就鲁迅的硬骨头精神，他前行的身影如同令人高山仰止的纪念碑"。

题黄宾虹："墨魂"，"由积墨而染成的河山，莽莽气象中有丝丝纹脉。心摹手追倪云林、黄公望则漫兴未了……"

题孔子，"巍然成山"，"孔子是中华文化的一座巨山"。

题弘一法师（1880—1942）："弘一法师集书法、绘画、音乐、戏剧、佛教于一体，是一位特殊的文化人。他游离于世俗生活与佛界高境之间，'悲欣交集'是他心灵的写照。""中国现代高僧。"

以上题词，都置于雕塑旁。对聂耳、刘半农（当我化为泥土时，你会看到我的微笑）、周培源、费孝通、李可染、范仲淹、王羲之、米芾等塑像，也有题词。从中亦可看出吴为山的用意。

3. 吴为山一直以挖掘和精研中国传统文化为人生命题，继承和弘扬中国传统文化。已经创作中国文化名人系列雕塑约500件，其中有些被国际重要博物馆收藏。国际评论界认为其是"艺术新精神的代表"。意大利国家博物馆、英国剑桥菲茨威廉博物馆等著名博物馆永久安放其雕塑《齐白石与达·芬奇的对话》《孔子》。联合国秘书长潘基文认为："吴为山作品，不仅表现了一个国家的灵魂，更表现了全人类的灵魂。"[①] 吴为山倡导现代写意雕塑，有多部理论著作出版。他是一座山，正值当年，还在造山。他的雕塑本身，几乎就是诗，不仅题词有诗意。

4. 丁酉（2017）年春节前，校园新增雕塑《问道》（吴为山塑），《中共一大代表》（王洪亮塑），还有更换的匾额：《不忘初心》（刘大为书），《自强不息》《风景独好》（孙晓云书），皆有诗意。

5. 诗与"猜测"。余秋雨评论吴为山的"写意雕塑"说：

---

① 吴为山雕塑展"前言"。

吴为山"像写诗一样写出自己的猜测"①。余秋雨是这样理解吴为山雕塑和诗人写诗的。但很少见到诗人认为：自己写诗是写出自己的猜测。难道诗人没有这种自觉？写诗需要想象，想象中有猜测。猜测中也有想象。

6. 雕塑与诗。在我看来，成功的雕塑里，都凝有诗意。余秋雨更有感慨地说："雕塑，雕塑，它实在是移动的哲学、沉默的灵魂、无言的大师、先行的文明。"认识更加深刻，也更合我意。这样的雕塑，怎能没有诗意？这样的感悟与表述，不也具有诗意？他还说，"雕塑造型有可能给人类带来大善大恶的终极性冲击，其力度几乎达到了宗教境界。""人类因雕塑而贯通，并非虚言"②。雕塑是又一种形式的诗。

7. 山西大同云冈石窟。余秋雨说，"它既是雕塑圣地，也是精神圣地"。他在"昙曜五窟"西南面山坡上刻写一则碑文："中国由此迈向大唐！"认为云冈石窟雕塑，汇聚了当时世界上各个重大文明的精粹。那里有希腊廊柱的堂皇门面，有高鼻梁、深眼窝的异域特征，还有巴比伦文明和波斯文明的物件和图案。并认为，这归因于亚历山大东征③。

① 余秋雨：《吴为山：叩问天意与裹卷人气》，《光明日报》2017 年 8 月 9 日，第 16 版。
② 余秋雨：《吴为山：叩问天意与裹卷人气》，《光明日报》2017 年 8 月 9 日，第 16 版。
③ 余秋雨：《吴为山：叩问天意与裹卷人气》，《光明日报》2017 年 8 月 9 日，第 16 版。

8. 加拿大蒙特利尔市，麦吉尔大学校园正门对过路边，坐落着一座塑雕：一名麦吉尔大学生，坐在路旁条凳上，腿上平放着打开的苹果电脑。他正在聚精会神地上网阅览，电脑屏上显示乔布斯头像，和英法文乔布斯名称：STEVE JOBS　EST MST 1955—2011。这名大学生，激动得神采飞扬，头发几乎竖起来，右手四指触摸键盘键，左手四指悬着准备接触键盘键，兴奋欲狂。其身心完全沉浸在阅读和科学探索中了。他衣着朴素，上身是印有 McGill 的 T 恤衫，下身是一般长裤，毫无拘束地坐在条椅靠背上，两只脚踏在座位上，左脚鞋带松散开了 —— 他没有注意到。右脚旁放着他带来的一袋快餐，取出的一包薯条还没来得及吃，大部分还在包内，有一根散落在外，一根一头着地一头停留在包内。快餐袋倒了，有一盒装的两块饼滑出袋外，其中一块被松鼠叼去。松鼠叼着饼趴在座椅靠背上，张望着准备爬过去。大学生对这些全然不顾。他两膝并拢，笔记本电脑平放在弓着的双腿上。嘴半张着，两眼直盯着电脑屏幕。电脑与腹部之间的腿上，放了一盒准备喝的饮料。双肩背包还在背和肩上。这样典型的当代大学生形象，实在让人难忘！有这样的青年学生，未来怎无希望？人类的未来，主要靠的就是这种精神和向往。这尊铜材雕塑，完全可以和罗丹的《思想者》媲美，甚至更超一筹，更有想象和诗意。

9. 蒙特利尔市，有条街道两旁，可以不断看到一些雕塑，从中可以看到艺术家技艺和智慧的诗意。

10.世界有无数塑像，凝结着无限诗意，给人以无限遐想和启迪。

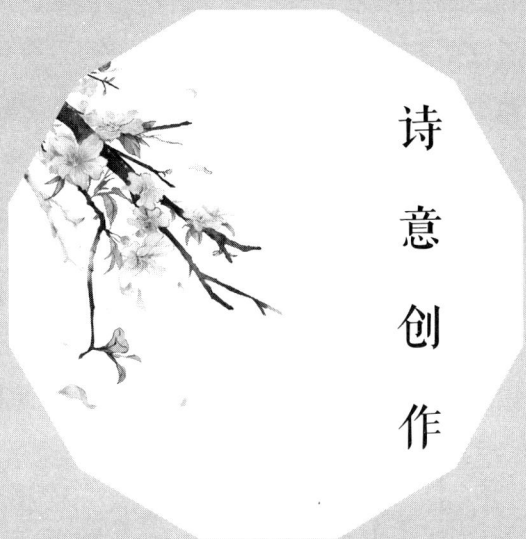

诗意创作

1. 诗意创作，是将诗意以各种形式展现出来，包括诗、词、歌、赋、对联、书法、绘画、雕塑、音乐、建筑、戏剧、电影、摄影、歌曲、舞蹈、散文、小说、科学探索……每个人，都可以进行诗意创作。但不是每个人什么都能、什么都会。

2. 人之性情，各有所近。有人善写诗，有人宜作词。

3. 诗意创作，各有寄托。恒以真诚自然深远为贵。

4. 简洁精致，是诗词创作的智慧和灵魂，也是诗词创作的形式。

5. 诗道，说大亦大，说小亦小。大，可载天地万物，囊括宇宙；小，可言谈记事，以至细微。

6. 诗境，亦可大可小。大可无限开阔，小可细致入微。

7. 诗艺，一般要求文字简练、错落有致。而风格各异，李白与杜甫有别，唐宋与秦汉不同；荷马与屈原有别，欧美和中国不同。然而，基本要求，大致如一。

8. 诗词创作，基于表达需要，不必刻意为之。

9. 诗写现在，也写过去与未来。

10. 格律不足贵，内容无限价。

11. 平仄，押韵，粘连，对偶，起承转合，为一般方法。不必拘泥，重在达意，写出思想感情和意志。

12. 诗韵。不宜用生僻韵。诗中可以换韵。换韵可更显活力。前人不喜一韵到底，顾宁人说："诗，转韵方活，《三百篇》无不转韵。"① 并且用韵较宽。转韵也是言志抒情或写景需要，亦是自由灵活之显现。

---

① 袁枚：《随园诗话》上，北京燕山出版社 2007 年，第 231 页。

13. 方言。诗中可用，但应尽量少用，或者不用。李白杜甫元稹孟浩然等人诗中，虽有方言，但后人不必学。

14. 古诗的句数。有二句、三句、四句、五句、六句、七句、八句、九句、十句……纵观其发展，可谓无限。各人所要表达的内容不同，根据需要而定。

15. 诗句的字数。有一字、二字、三字、四字、五字、六字、七字、八字、九字、十字，或者再多几字，均可。根据表达需要而定。

16. 古诗忌用虚字？有人说"古人作诗忌用虚字，因虚字无实义，对言志言情并无作用"，并引赵孟頫（宋元之际人，著名书法家）言"诗用虚字便不佳"，梅纯（明代人）言："诗最忌用虚字，多则涉议论，非所以吟咏性情也。"[①] 这大概是相对而言的。事实上，孔子之前的诗，不少使用虚字。观其所编《诗》可知，大概那时的语言文字及表述习惯如此。秦汉之诗，也还常用虚字。观沈德潜《古诗源》可见。唐诗虚字明显减少，但还不是不用。李白《远别离》："恸哭兮远望，见苍梧之深山。苍梧山崩湘水绝，竹上之泪乃可灭。"《蜀道难》："噫吁嚱，危乎高哉，蜀道之难难于上青天！……其险也若此，嗟尔远道之

---

① 孟昭连：《白话诗人卢延让》，《光明日报》2017 年 2 月 17 日，第 16 版。

人，胡为乎来哉！"① 格律诗普及之后，虚字才尽量少用不用，盖格律使然。南宋陆游诗中，还偶尔用虚字，如："令君继之笔何健，古今一一辨等差。……神农之学未可废，坐使末俗惭浮华。"② 写诗是否用虚字，与时代语言文字发展及体裁或体式有关，亦与表达思想感情需要有关。

17. 淡言应有味，浅语当有致。有耐嚼之味，风趣之味；有高雅之致，深远之致。

18. 兴致情意思想需足，格调言语用词要妙。

19. 悬念。前人有些诗，末处悬念，其味无穷。李白，"日落长沙秋色远，不知何处吊湘君。"韦应物，"何因不归去，淮上对秋山"，"落叶满空山，何处寻行迹"。耶律楚材："不知何限人间梦，并触沉思到酒边。"皆以悬念结尾，意深旨远，耐人寻思。

20. 诗应尽可能写得短些。李瑛说："我写过一些长诗，但使我钟情和倾心的还是短诗。"③ 多数读者，喜读短诗而非长诗。短诗更为简洁精致，便于接受和记忆。

① （清）沈德潜选编：《唐诗别裁集》，岳麓书社1998年版，第129—130页。
② 游国恩、李易选注：《陆游诗选》，人民文学出版社1982年版，第227—228页。
③ 付小悦：《李瑛与光明日报的70年情缘》，《光明日报》2019年3月30日，第4版。

21. 赋比兴，既是创作方式，也是思维方式。孔子《易传》："天行健，君子以自强不息。地势坤，君子以厚德载物。"《论语》中，有不少这样的思维方式。

22. 诗题。诗题如画题，须审意而后题。要得体，有深意，耐寻味，贵有启发性。好的诗题，可以加深立意，便于记忆。慎标题。

23. 诗以自适为主，所谓抒情与"诗言志也"。

24. 诗不以多为贵。

25. 诗以表达意境为高，不以纠结形式为好。

26. 诗的内容，应该新鲜、健康、阳光，有思想，有真情实感，符合人性自然。言志，抒情，记事，写景，说理，阐发思想……都行。形式要精致、和谐、美观。

27. 诗的形体，可以用定式，也可以不用定式。可以用古体，可以用近体，可以用新体，也可以自创形体。这由作者所要表达的内容、作者的修养、作者的兴致、作者的心情、具体时间、场景环境、契合程度等而定。同样内容，也可用不同形体。同一形体，亦可表达不同内容。

28. 任何形式，都可影响人的思维方式。诗词亦是。

29. 诗的局限。诗作为一种文学体裁，虽然能够言志抒情，也能叙事纪实，但有局限性。如伦理学的四种理论：功利论、道义论、契约论、德性论，诗的体裁，难于充分表达。爱因斯坦的相对论，最好是用他的方程式表达。马克思的《资本论》，也不便用诗体表达。

30. 诗词的形式，对人的思考有所限制 —— 这需要特别注意。用诗词表达思想感情，能否不受诗词形式的束缚？尤其是不受固有诗词格律的束缚？以唐诗宋词为代表的格律、词谱，有一定的句数、一定的字数、一定的平仄，还有对偶、粘连、押韵、起承转合。格律、词谱，固有其美，并且是诗词发展阶段的产物，是作者创作诗词的修养，有其合理性，能锻炼作者的节奏思维、对偶思维、起承转合的逻辑思维。但是，格律、词谱，束缚人的思想。比较而言，格律之前的古诗词，与白话自由新诗词，不太束缚人的思想。诗经，楚辞，五四以来的新诗词，思想都比较自由；其表达，亦比较自然、质朴、多彩多姿。思想不应受限于任何形式。

31. 当代词作，有各种形体。如诗经体、楚辞体、乐府体、律诗体、词牌体、曲体、自由体……自由体，音韵不限，长短不限，形式多变。

32. 诗需要形象思维，也需要逻辑思维。

33. 诗有诗的逻辑。内在的逻辑是内容的有机联系，与作者的思想感情一致，与事理一致，与万有规律一致，尽管时有跳跃。外在的逻辑是诗的形式逻辑，诗的表现形式虽然千变万化，但是都宜有逻辑。古诗有古诗的逻辑，今诗有今诗的逻辑；旧体诗有旧体诗的逻辑，新体诗有新体诗的逻辑。

34. 诗须成为真善美的化身。

35. 前人曾说："长短句，本无定法，唯以浩落感慨之致，卷舒其间，行乎不得不行，止乎不得不止，因自然之波澜为波澜。……熟读古人诗，吟咏而自得之……法在心头，泥古则失。……起伏顿挫，亦有自然之节奏在。"① 诚然。新诗、自由诗亦然。从自然的角度看，诗本质上无所谓新旧。

36. 写诗须有闲情逸致，即使繁忙，稍息也是必需的。往往没有闲情逸致，就没有诗。所谓"横槊赋诗"，本质上也是闲情逸致。有时激情迸发，是情感积累或积压所致。

37. 诗不必刻意含蓄。古诗辞之含蓄，往往是不得已而为

---

① （清）叶燮：《原诗·一瓢诗话·说诗晬语》，人民文学出版社1979年版，第164页。

之。如屈原的《离骚》，那是因为他的遭遇，不便直接表白，不得不含蓄。李商隐、李贺等也是。许多诗人，都是不得已而为之。而刘邦的大风歌、项羽的"力拔山兮气盖世"、曹操的诗、朱元璋的诗、白居易的诗等，都相当直白。

38. 含蓄，有时是一种修养，有时是一种雅致，有时是一种艺术。前人有言，"诗贵含蓄"，指的大概就是这种情况。倘若故作含蓄，为含蓄而含蓄，则不可取。

39. 含蓄可成一种美。有时需要含蓄，以便表达诗意。

40. 五言诗第三字，七言诗第五字，确需注意。有时需用动词，有时需用别的词。有人强调尽可能用动词。用动词可能更好，但需根据具体情况而定。

41. 字有字法，句有句法，章有章法。清代牛运震（1706-1759）在《诗志》中认为：有"倒字法""约字法"，有"倒句法""互句法""古句法"，章法有"勾联""照应""贯串""变换"等。他对诗的研究路径是："涵泳于章法、句法、字法之间，会其声情，识其旨归。"[1] 其亦吟诵乎？

---

[1] 李辉：《研味文辞绎求诗志——牛运震〈诗志〉的解〈诗〉路径》，《中国社会科学报》2019年9月16日，第4版。

42. 讲平仄，不唯平仄。全合平仄，未必好诗，甚至呆板。根据诗意，有时需要突破平仄。前人的诗，包括李白、杜甫的诗，皆有突破。

43. 宁简勿繁，宁拙毋巧。旨意为上，精致为好。

44. 格律与性情。袁枚认为："有性情，便有格律，格律不在性情外。《三百篇》半是劳人思妇率意言情之事；谁为之格？谁为之律？……格岂有一定哉？"[1] 亦是重性情之语，格律从于性情。未必全对，但自有其理。此说可与《毛诗正义》"诗缘于政"参照。

45. 袁枚"诗无言外之意，便同嚼蜡"[2]"咏物诗无寄托，……；读史诗无新意，……虽着议论，无隽永之味，只是史赞一派，俱非诗也"[3] 有警示意义。

46. 白居易《与元九书》说，"诗者，根情，苗言，华声，实义""自登朝来，年齿渐长，阅事渐多，每与人言，多询时务，每读书史，多求理道，始知文章合为时而著，歌诗合为事而作"[4]。这是白居易的写作主张，是在总结亲身经历及前人书史

---

① 袁枚：《随园诗话》上，北京燕山出版社 2007 年版，第 5 页。
② 袁枚：《随园诗话》上，北京燕山出版社 2007 年版，第 39 页。
③ 袁枚：《随园诗话》上，北京燕山出版社 2007 年版，第 41 页。
④ 《白居易选集》，王汝弼选注，上海古籍出版社 1980 年版，第 346 页、352 页。

的基础上，概括提炼出来的。白居易的诗，许多是用于记事的，他的年龄变化也记于诗中。

47. 风雅颂与体裁正变。（清）薛雪说："风、雅、颂，赋、比、兴，诗之经纬也。有此经纬，乃有体裁；为有体裁，则有正变。达事情、通讽谕，谓之风。纯乎美者，谓之正风；兼美刺，谓之变风。述先德、通下情，谓之雅。专于美者，谓之正雅；兼美刺，谓之变雅。用之宗庙，享于神明，美盛德，告成功，谓之颂。当作者谓之正；不当作者，比于风雅，亦谓之变。如后世有法律曰诗，放情曰歌，流走曰行，兼曰歌行，述事本末曰引，悲鸣如蛩曰吟，通俗曰谣，委曲曰曲。观此体裁，则知所宗矣。"①（宋）姜夔《白石诗说》："守法度曰诗，载始末曰引，体如行书曰行，放情曰歌，兼之曰歌行，悲如蛩螀曰吟，通乎俚俗曰谣，委曲尽情曰曲。"②薛承姜说。

48. 诗的节奏韵律，以内容为本，以内在的逻辑为主，以形式为辅。

49. 古体诗、近体诗、新诗，一般都讲究押韵。但不尽然，古诗有不押韵者，新诗更有。更有人在探讨新诗可否不用韵，

---

① （清）叶燮《原诗·一瓢诗话·说诗晬语》，人民文学出版社 1979 年版，第 113 页。
② （清）叶燮《原诗·一瓢诗话·说诗晬语》，人民文学出版社 1979 年版，第 163 页。

如傅元峰《祛韵——论新诗成体的可能性》[①]。顾炎武《日知录》"诗有无韵之句"："诗以义为主，音次之。……苟其意之至当，而不可以他字易，则无韵不害。汉以上往往有之。"

50. 古诗六艺：风雅颂赋比兴。功夫在诗外。宋代诗人黄庭坚说："诗不可凿空强作，待境而生，便自工耳。"[②] 其经验之谈！要静听自然之声。自然之声最真、最美、最可爱。自然之声，包括听得见的自然声音，也包括听不见的自然音节、自然发展变化的节律。

51. 要多读多写自心得。向前人学习、向当代人学习，更要向自己学习。从亲身经历中感知。现实生活是基础。有亲身经历，才有源于实际的思想感情和意志。

52. 要通达与通融。通达高尚境界，通融过去、现在与未来，通融人类与自然界。

53. 诗须有灵性：深切的感悟、瞬间的迸发。

54. 诗不易为。写诗的人很多，写得好者不多。

---

① 《东吴学术》2014 年第 3 期。
② 转见张廷玉：《澄怀园语》，《父子宰相家训》，安徽大学出版社 2015 年第 3 版，第 241 页。

55. 自古以来，诗多好的少，重在质量，不在数量。

56. 诗歌以简约精致为归，情高意深旨远为妙。

57. 诗品反映人品，"不可苟为之"。科学家诗人——中国科学院院士唐稚松："平生待事认真，于诗尤甚。常曰'诗品人品也，不可苟为之'。故非有感不作，意必出自肺腑。"① 诚然如此！

58. 说诗源于性情，世间何事不源于性情？因于境遇：因境遇而兴发感动。成于文学：有文学基础，才能写成诗。写诗，可能就像巴金说的那样："我写只是因为我的感情之火在内心里燃烧，不写我就无法得到安宁。"

59. 感情喷涌之诗。袁行霈《好诗不厌百回读》，提到陈子昂的《幽州台歌》："前不见古人，后不见来者。念天地之悠悠，独怆然而涕下。"认为陈"感情喷涌"，"顾不上雕琢和修饰"，"直截了当地喊了出来，却成为千古之绝唱"② 。诗人就应该这样。诗以自然流畅、写出本意为上。袁行霈有《中国诗歌艺术研究》《中国诗学通论》《中国文学概论》等出版。

---

① 贾宝琦：《常于静处传深意，默坐相看莞尔时——品读科学家唐稚松的爱情诗》，《中国社会科学报》2014 年 9 月 15 日。
② 清石：《美的诗，美美地读——读〈好诗不厌百回读〉》，《光明日报》2017年 8 月 17 日，第 16 版。

60. 作诗方法。"所谓法者，行所不得不行，止所不得不止，而起伏照应，承接转换，自神明变化于其中。若泥定此处应如何，彼处应如何，则死法矣。……要不以一定之法绳之。试看天地间水流自行，云生自起，何处更著得死法？""诗贵浑浑灏灏，元气结成，乍读之不见其佳，久而味之，骨干开张，意趣洋溢，斯为上乘。"① 为诗者，当知之。

61. 于右任有许多创作经验。他的一些见解，民有同感，但我一直没有写出。今读《中华诗词》对他的介绍，感到他已早得我见。他说："执新诗以批评旧诗，或执旧诗以批评新诗，此皆不知诗者也。"时代在变，诗人也在变。"违乎时代者必被时代摒弃，远乎大众者必被大众冷落。""所谓江山需要伟人扶也。"诗人应是反映时代呼声与思想的斗士。"诗应化难为易，接近大众。这个意见，朋友中间赞成的固然很多，但是持疑难态度的亦复不少。这个原因，一是结习的积重难返，一是没有具体的办法。习惯是慢慢积成的，也只有慢慢地改变。""平仄 —— 近体诗的平仄格律，完全是为了声调美。但是，现在平仄变了，如入声字，国语多数读平声了，我们还把它当仄声用。这样，我们的诗，便成目诵的声调，而不是口诵的声调了！所谓声调美，也只成为目诵的美，而不是口诵的美了。""韵 —— 诗有韵，为的是读起来谐口。但是后来韵变了，古时在同韵的，读起来反而不谐；异韵的，反而相谐。如同韵的'元''门'，

---

① 沈德潜：《唐诗别裁集·凡例》，岳麓书社 1998 年版，第 6 页。

异韵的'东''冬'。而我们今日作诗，还要强不谐以为谐，强同以为异，这样合理吗？但是这种改变，并不自今日始。词的兴起，是一种革命，它把诗韵分的分，合的合，来了一次大的调整。元曲又是一种革命，那些作者认为词韵的调整还不够，所以《中原音韵》，连入声都没有了。……古人用自己的口语来作诗，我们用古人的口语来作诗，其难易自见。我们想要把诗化难为易接近大众，第一要改用国语的平仄与韵，这是我蓄之于心的多年愿望。……我总觉得国家今日固然不可无瑰丽的宾馆，但更需要多兴平民的住宅！国如斯，诗亦如斯！"① 的确应该如此！"回"和"衰"，古时同韵，现在也不同了。"国"古时入声，现在民间有些地方（如四川和皖北）还是入声，但普通话变为平声，而且音也变了。"国""归"，古时同声同韵，现在分开了。讲究平仄与韵，应与时代合拍，并且不要过于拘谨，词意通达，声音协和即可。

62. 毛泽东论诗：（1）诗难，不易写，经历者如鱼饮水，冷暖自知，不足为外人道也②。（2）律诗要讲平仄，不讲平仄，即非律诗。……我偶尔写过几首七律，没有一首是我自己满意的。……又诗要用形象思维，不能如散文那样直说，所以比、兴两法是不能不用的。赋也可以用，如杜甫之《北征》，可谓"敷陈其事而直言之也"，然其中亦有比、兴。"比者，以彼物比

---

① 中华诗词学会：《中华诗词》2013 年第 5 期卷首语。
② 《致胡乔木（一九五九年九月七日）》，中共中央文献研究室编：《毛泽东文艺论集》，中央文献出版社 2002 年版，第 323 页。

此物也"，"兴者，先言他物以引起所咏之词也"。韩愈以文为诗；有些人说他完全不知诗，则未免太过，如《山石》《衡岳》《八月十五酬张功曹》之类，还是可以的。据此可以知为诗之不易。宋人多数不懂诗是要用形象思维的，一反唐人规律，所以味同嚼蜡。……要作今诗，则要用形象思维方法，……古典绝不能要。但用白话写诗，几十年来，迄无成功。民歌中倒是有一些好的。将来趋势，很可能从民歌中吸引养料和形式，发展成为一套吸引广大读者的新体诗歌。又李白只有很少几首律诗，李贺除有很少几首五言律外，七言律他一首也不写[①]。（3）诗当然应以新诗为主体，旧诗可以写一些，但是不宜在青年中提倡，因为这种体裁束缚思想，又不易学[②]。（4）词有婉约、豪放两派，各有兴会，应当兼读。……人的心情是复杂的，有所偏但仍是复杂的。所谓复杂，就是对立统一。人的心情，经常有对立的成分，不是单一的，是可以分析的。词的婉约、豪放两派，在一个人读起来，有时喜欢前者，有时喜欢后者，就是一例[③]。（5）旧体诗词要发展要改造，一万年也打不倒。因为这种东西，最能反映中华民族和中国人民的特性和风尚，可以兴观群怨嘛，

[①] 《致陈毅（一九六五年七月二十一日）》，中共中央文献研究室编：《毛泽东文艺论集》，中央文献出版社 2002 年版，第 333—334 页。

[②] 《致臧克家等（一九五七年一月十二日）》，中共中央文献研究室编：《毛泽东文艺论集》，中央文献出版社 2002 年版，第 308 页。

[③] 《对范仲淹两首词的评注（一九五七年八月一日）》，中共中央文献研究室编：《毛泽东文艺论集》，中央文献出版社 2002 年版，第 189 页。

哀而不伤，温柔敦厚嘛……①

63. 赵朴初诗词及诗论。"书卷留天地，谈笑泯戈矛。"② 境界极好极高。"江山无尽供吟稿。""常念风雨导扬，兴观群怨，诗教关天下。"③ 他在 1976 年 12 月写的《毛主席致〈诗刊〉函发表二十周年纪念座谈会献词》中说："十二年前春尚寒，陈总一日招我谈。谈及主席曾有言，文艺改革诗最难，大约需要五十年。"而今五十年过去了，依然在试探。"诗重思想质领先，由来体式随时迁。"此言符合历史发展，亦深得我感。真是人同此心，心同此感，以下所言亦然："新诗为主势必然，顾瞻道路尚漫漫。""文章华国事更艰，孰能计日收真诠？五言七言起建安，八代方得睹开元。……诗境无穷山外山，愿随志士共登攀。"④ "自然入妙，是最为难得，情真味永。"⑤

64. 陈传席谈诗：（一）宜化见为识："写诗宜化见为识，写史须以识取见。写诗如不化见为识，则记叙文之弗如也；写史如不以识取见，则流水账簿也。"⑥ 可为鉴戒。（二）实处化虚，虚以实见："作画，能将实处化虚，虚以实见者，乃见功力。诗

---

① 《毛泽东百周年纪念——毛泽东生平和思想研讨会论文集（中册）》，中央文献出版社 1994 年版，第 238 页。
② 赵朴初书，天一阁博物馆藏。
③ 赵朴初著：《无尽意斋诗词选》，北京图书馆出版社 2006 年版，第 1—2 页。
④ 赵朴初著：《无尽意斋诗词选》，北京图书馆出版社 2006 年版，第 2 页。
⑤ 赵朴初著：《无尽意斋诗词选》，北京图书馆出版社 2006 年版，第 68 页。
⑥ 陈传席：《悔晚斋臆语》，中华书局 2007 年版，第 95 页。

词亦然。""秦观词云:'自在飞花轻似梦,无边丝雨细如愁。'乃以实化虚也,故格高境逸。""'离恨恰如春草,更行更远更生';'问君能有几多愁,恰似一江春水向东流'。皆虚以实见也。是知诗词高手与书画高手,至奇妙处,并无异也。"① 所谓"实处化虚,虚以实见",也是有见有识。(三)情感和感情,"或因情而生感;或因感而生情"②。时势使然。

65. 隔与不隔。王国维谓:"语语都在目前,便是不隔。"即梅尧臣"状难写之境,如在目前"。陈传席谓,"诗忌隔见,亦忌直说","隔则难见,直则意少"。如"'凭君莫话封侯事,一将功成万骨枯。''可怜无定河边骨,犹是春闺梦里人。'二诗皆不隔,然前者直,后者曲,蘅塘选诗,自有识见也。然前诗又含哲理,亦佳作也"。前边说诗"忌直说",后边又说直"亦佳作",实际上,并不"忌直说"。该直则直,该曲则曲。白居易许多诗都是直说的,曹操也多是直说的,所谓"大英雄能本色"也。陈又说:"意可隐,形不可隔。形以隔下,意以隔高。形隔则混浊不清,意直说则枯索无味。"③ 这也值得注意。

66. 阎锡山谈诗词格律,有真知灼见,"自古诗词格律皆人所造,何拘古而求同一格?""诗言志,歌抒情,要人看,使人听,求其易解、顺口、顺耳即可。何须佶屈聱牙,左推右敲,

① 陈传席:《悔晚斋臆语》,中华书局2007年版,第92页。
② 陈传席:《悔晚斋臆语》,中华书局2007年版,第96页。
③ 陈传席:《悔晚斋臆语》,中华书局2007年版,第201页。

徒费时光耶？""如我诗难登大雅，集称《骑驴吟》可也"。其诗集即名为《骑驴吟》^①。卓然自立者也！

67. 纳兰性德认为：咏史诗以"有意而不落议论"为佳。他说："古人咏史，叙事无意，史也，非诗也。唐人实胜古人，如：'江流石不转，遗恨失吞吴。''武帝自知身不死，教修玉殿号长生。''东风不与周郎便，铜雀春深锁二乔。''此日六军同驻马，当时七夕笑牵牛。'诸有意而不落议论，故佳；若落议论，史评也，非诗矣。宋以后多犯此病。愚谓唐诗宗旨断绝五百年，此亦一端。"（《渌水亭杂识》）欲作咏史诗，应知此义。他还说，"诗乃心声，性情中事也"，"作诗欲以言情耳"。他作诗欲以言情，是可以理解的。其词作亦然。阅其经历，读其诗词，亦觉可谓，"著作妙如神，前生有夙因"（齐白石谓张伯英句）。又惜其，"虚负凌云万丈才，一生襟抱未曾开"（崔珏《哭李商隐》句）。历史上，襟抱未开者，不计其数。屈原、李白、杜甫……何尝不是！概言之，十之八九未偿夙志。

68. 纳兰性德《填词》："诗亡词乃兴，比兴此焉托。往往欢娱工，不如忧患作。……古人且失风人旨，何怪俗眼轻填词。诗源远过诗律近，拟古乐府特加润。不见句法参差三百篇，已

---

① 燕生纲、燕奇荣编著：《克难坡逸事》，中国国际新闻出版社 2011 年版，第184 页。

自换头兼换韵。"① 风人：此指诗人。词与《诗》有渊源关系，远过于近体律诗，并在模拟古乐府基础上，加以润饰。《诗经》中的诗，句法参差不齐，常见换头换韵的诗。文艺源于生活，参差变换，势所必然。

69. 胡适谈写诗。1915 年，胡适、梅光迪、任鸿隽等在美国留学期间，经常讨论中国文学问题。胡适认为，中国古文言是半死的文字，不能通俗地表达出人的意思；而白话俗话则是活的，容易表达出意思。旧的诗词格律，当然也不再适合来写诗词。中国文学必须经过一场革命，要用白话作诗作文写戏曲。当年 9 月 20 日，他郑重其事地写了一首诗给他的各位朋友说："诗国革命何自始？要须作诗如作文。琢镂粉饰丧元气，貌似未必诗之纯。"诗里提出"诗国革命"问题，主张"作诗如作文"，并且反对琢镂粉饰。后来他就尝试用白话作诗。他认定"中国诗史上的趋势，由唐诗变到宋诗，无甚玄妙，只是作诗更近于作文！更近于说话。……宋朝的大诗人的绝大贡献，只在打破了六朝以来的声律的束缚，努力造成一种近于说话的诗体"②。梅光迪、任鸿隽对于胡适"作诗如作文"的主张，很不以为然，而认为"诗文截然两途"，"求诗界革命，当于诗中求之，与文无涉"③。胡适不相信诗与文是截然两途的。他慨然以文学革命

---

① 福建师范大学中文系古典文学教研室选注：《清诗选》，人民文学出版社1984年版，第299页。
② 曹伯言选编：《胡适自传》，黄山书社1986年版，第109页。
③ 曹伯言选编：《胡适自传》，黄山书社1986年版，第110页。

为己任，要"前空千古，下开百世"，"为大中华，造新文学"，并进而写道："文章要有神思，到琢句雕词意已卑。……但求似我，何效人为！语必由衷，言须有物，此意寻常当告谁！从今后，倘傍人门户，不是男儿！"[①] 其气概何其雄伟！在"白话是否可以作诗"问题上，胡适和梅光迪、任鸿隽进行辩论。他为证明白话可以作诗，试图用全力去作白话诗（后来出版白话诗集《尝试集》）。他决心用白话去征服诗的壁垒，证明白话可做中国文学一切门类的工具。他认为："白话可以作诗，本来是毫无可疑的。杜甫、白居易、寒山、拾得、邵雍、王安石、陆游的白话诗都可以举出来作证。词曲里的白话更多了。"他宣称自己不再作文言诗词[②]，并对新文学提出八件事，即言之有物；不模仿古人；须讲求文法；不作无病之呻吟；务去滥调套话；不用典；不讲对仗；不避俗字俗语[③]。胡适的文学革命主张及上述八件事，得到陈独秀、钱玄同等人赞成。虽然如此，还是引起一场讨论。这场讨论，至今犹有余响。

70. 陈寅恪留意将现实及历史纳入诗中。他 1940 年写的《庚辰暮春重庆夜宴归作》："自笑平生畏蜀游，无端乘兴到渝州。千年故垒英雄尽，万里长江日夜流。食蛤哪知天下事，看花愁近最高楼。行都灯火春寒夕，一梦迷离更白头。"有人评论此诗说："诗境阔大处在于颔联，一方面是用典，其基础是苏轼

---

① 曹伯言选编：《胡适自传》，黄山书社 1986 年版，第 114—115 页。
② 曹伯言选编：《胡适自传》，黄山书社 1986 年版，第 122—125 页。
③ 曹伯言选编：《胡适自传》，黄山书社 1986 年版，第 128—129 页。

的《念奴娇·赤壁怀古》开篇诗句；另一方面又的确是写实：浩荡的长江将重庆分成东西两地，陈氏见过蒋介石，'深觉其人不足有为，有负厥职'，感叹世无英雄，大江却仍日夜奔流。于是颈联便很自然地评论，前一句讽刺蒋介石缺乏安定天下的雄才大略，后一句提醒身处最高位者需居安思危。由此既有厚重的历史背景、尖锐的政治指涉，又有当地特殊的江山形胜，将古典故意与今景今事很好地融合起来。"① 虽说如此，蒋亦不易。陈与蒋比，明眼人自识之。

71. 假设。唐代杜牧《赤壁》诗："东风不与周郎便，铜雀春深锁二乔"，是说如果不是东风使周瑜占据优势，曹操就可能消灭东吴，把大乔孙策夫人和小乔周瑜夫人俘虏到铜雀台去。铜雀台是曹操建的，故址在今河北省临漳县西南。诗句是用假设语气写的，不可作实际句读。

72. 元曲、元杂剧，主要是汉族文人，在异族统治下，追求自由解放的一种文艺形式。在异族歧视与压迫下，汉族文人失去传统进取之路，转而在诗词格律外，另辟散曲及杂剧形式，抒发追求自由解放之思想情怀。于右任的散曲，有民国特点。

---

① 潘建伟：《抗战时期旧诗创作的精神内涵》，《中国社会科学报》2014年5月16日文学版。

73. 梁平（四川省作家协会副主席、《星星》诗刊主编）在《2014年中国诗歌印象》中说："中国诗歌走到今天，比任何时候更迫切需要倡导欣赏与尊重。诗歌的风格与技法林林总总，抒情与反抒情、传统与现代、口语与非口语等，所有这些都可以剥离、互补、渗透，并不是非此即彼。所以，中国诗坛需要呼吁的是学会彼此尊重、相互欣赏，而不是唯我独尊，事实上也没有任何人可以一统天下。"他在文中引用的诗歌，都是新体诗或散文诗。其中济南大学路也的《嘉峪关》具有非凡的想象力和历史穿透力："敢在地球上建一道万里长的灰砖墙壁＼给大地和天空断章取义"，"再用一座孤城当门，把政权和尊严锁在里面＼锁住落日，锁住白云＼锁住汉语以及汉语的回声"，"最终，砖墙未能挡住一次次入关＼诗人有机可乘，翻墙或骑墙，造出诗词"。梁平说，2014年很多诗人远离诗歌场域的折腾，而更关注自身诗歌写作的出新与突破，注意力转向文本的价值、意义，以及写作介入现实生活的思考和实践。"诗歌切入生活的路径有了新的变化，不少诗人自觉地进入有温度、有重量的写作，一批有血有肉、接地气的诗歌显现出奇异的光彩。同时，很多优秀的诗人寻求安静的思考，在写作中多了一份非凡的洞察，批判与颂歌皆力透纸背，振聋发聩。"[1] 梁平没有引用当年诗人写的旧体诗词。但这不意味着没有人写旧体诗词。写旧体诗词者，至今仍然不少，其中有些也很好。

---

[1] 梁平：《生活的感动与安静的力量——2014年中国诗歌印象》，《光明日报》2015年1月26日，第13版。

74. 谢冕说："诗读起来要愉悦好听，要有音乐的性质。诗歌可以不押韵，也可以不对称，但是不可以没有节奏感。诗如果没有节奏感，诗就不是诗了。这是诗歌要死守的一条红线。"① 我赞成这个观点。诗词必须有节奏感，这是由诗词的本质决定的，也是诗词作为文艺形式的基本要求。

75. 关于白话新诗，谢冕说："新诗的成就是了不起的，新诗重新营造了诗歌的天地，这个天地不是唐人的天地，也不是宋人的天地，而是白话诗的天地。唐诗是伟大的，新诗也是伟大的。新诗的破天荒，在于敢打破古典的格式，用自由的形式来表现现代人的情感，这就很了不起。""但是，新诗本身也存在不少问题。新诗一百年来，最大的问题就是诗的文体特点荡然无存……和口头说话没有多大差别，和小说散文也没有多大差别，诗的文体特点越来越模糊，这个问题比较大。而且古人讲意境、蕴藉、神思，这些在新诗里也越来越淡，很多新诗作品，读完之后感觉是大白水一杯。"②

76. 白话新诗是一种自由体，几乎不受任何束缚。这也许是它的最大特点。它还有一个特点，就是受外国尤其欧美诗歌的影响特别大。郭沫若深受惠特曼《草叶集》影响。徐志摩深

---

① 张健、程龙:《谢冕:青春诗情永不消退》,《人民日报》2017 年 5 月 4 日,第 24 版。
② 张健、程龙:《谢冕:青春诗情永不消退》,《人民日报》2017 年 5 月 4 日,第 24 版。

受英国诗影响。胡适深受美欧文化影响，更是白话新诗的倡导者。冯至特爱德国诗，甚至"完全仿效西方的《十四行集》"。"艾青的诗全然可以看作是'用中文写的外国诗'——尽管他的诗歌内涵也全然是中国的。……在国土沦亡的年代，诗人（艾青）心中的激情和眼中的'泪水'，是与法兰西的自由传统和浪漫精神完美结合、融汇的产物。"谢冕认为："中国所有的有成就的现代诗人，不管他承认与否，无一例外地都是《诗经》、楚辞、李杜苏辛的传人，又几乎无一例外地是吮吸着（直接的或间接的）西方从希腊罗马开始的诗歌传统的乳汁成长的。"[1]"外国诗歌在新诗百年的历史中不间断地输送着世界诗歌的营养，从形式到内容影响着中国新诗的创造性发展，启发了中国人的灵智，开启了中国人更为广阔、更为浩瀚的诗歌的天空。"[2]

77. 众所周知：新诗诞生的时代，是一个思想解放的时代，也是一个大变革、大动荡、诸子百家的时代。吴思敬认为："打开国门以后，伴随着思想启蒙与'人的解放'的呼唤，西方诗歌文化扑面而来。……意象派、象征派，以及表现主义、超现实主义等现代主义流派的陆续引入，更是强化了诗歌的主观色彩；……20世纪的中国新诗人自我意识越来越鲜明，新诗理论

① 谢冕：《我有两个天空——百年中国新诗与外国诗》，中国文联文艺评论中心等主办，庞井君主编：《中国文艺评论》2017年第4期，第15—16页。
② 谢冕：《我有两个天空——百年中国新诗与外国诗》，中国文联文艺评论中心等主办，庞井君主编：《中国文艺评论》2017年第4期，第14页。

也呈现出主体性强化的倾向。"①

78. 诗体解放。黄遵宪于 1868 年在《杂诗》中批评:"俗儒好尊古,日日故纸研。六经字所无,不敢入诗篇。"继而提出:"我手写我口,古岂能拘牵。即今流俗语,我若登简编,五千年后人,惊为古斓斑。"主张言文一致。梁启超生平论诗,尊崇黄遵宪,并倡导"诗界革命",主张在旧风格中熔铸新意境、新语句、新理想,着重内容,而非形式。胡适 1917 年发表《白话诗八首》,1919 年发表《谈新诗》,倡导"诗体大解放",并认为,中国诗体有四次大解放:第一次由《诗经》"风谣体"到骚赋体;第二次由骚赋体到五七言体;第三次由五七言体到句法参差的词曲体;第四次是近代新诗。他说:"近来的新诗发生,不但打破五言七言的诗体,并且推翻词调曲谱的种种束缚;不拘格律,不拘平仄,不拘长短;有什么题目,作什么诗;诗该怎么作,就怎么作。这是第四次的诗体大解放。这种解放,初看去似乎很激烈,其实只是《三百篇》以来的自然趋势。"②诗的内容和形式,都在不断变化。这是自然趋势,也是社会文化发展趋势,作诗者应知此。

79. 艾略特的主张和创作。艾略特(?—1965)是英国诗人,文学家,西方现代派诗歌开拓者,1948 年获诺贝尔文学

---

① 吴思敬:《中国新诗理论的现代品格》,中国文联文艺评论中心等主办,庞井君主编:《中国文艺评论》2017 年第 4 期,第 18 页。
② 胡适:《谈新诗》,《胡适文存》第一卷,黄山书社 1996 年版,第 126—127 页。

奖。他主张"革新现代诗"，倡导"非个人化"，同时认为自己是"文学上的古典主义者"。他的诗句"形式多样，舒展自如"，穿越古今，思维跳跃，注重心灵的沟通与对话。"艾略特提倡诗歌不应过度沉溺于个人感受，应从个人的经验中走出来。他的诗歌像是旁观者在写作，在一种自我的张力中寻求收敛、克制的情感表达。与浪漫主义放纵式个人情感抒发不同的是，他的作品是一种'克制的抒发'，是一种感情浓烈过后的平静回忆。"①

80. 起承转合。胡震亨《唐音癸签》卷三："七言律，有起，有承、有转、有合。起为破题，或对景兴起，或比起，或引事起，或就题起，要突兀高远，如萍风初发，势欲卷浪。承为颔联，或写意，或写景，或书事，或用事引证，要接破题，如骊龙之珠，抱而不脱。转为颈联，或写意、写景、书事、用事引证，与前联之意相应、相避，要变化不穷，如鱼龙出没隳（huī）涛，观者无不神耸。合为结句，或就题结，或开一步，或缴前联之意，或用事，必放一句作散场，如截奔马，辞意俱尽；如临水送将归，辞尽意不尽。如此，则七律诗过半矣。"②此处讲七律的起承转合，其他诗亦有起承转合。

---

① 白乐：《纪念艾略特逝世50周年：他的诗风依旧影响当代诗坛》，《中国社会科学报》2015年7月20日，第3版。
② 程千帆主编，（清）王士禛等著：《诗问四种》，齐鲁书社1985年版，第100页。

81. 五律成型于西汉，七律成型于杜甫。五律七律，都是在前人基础上修炼而成。辞达而已矣！四句、六句亦可。若已八句，情意未尽，仍可继续。两句亦可。长律亦可。早有先例，如李白《送羽林陶将军》（七言六句律体）："将军出使拥楼船，江上旌旗拂紫烟。万里横戈探虎穴，三杯拔剑舞龙泉。莫道词人无胆气，临行将赠绕朝鞭。"①

82. 古人有"炼句不如炼意"之说②。诚是。

83. 黄庭坚讲诗歌方法，"勤读书，令精博，极养心，使纯净"；"词意高胜，要从学问中来"。

84. "意象"与"形象"。有人认为，"中国诗学固有的'意象'思维，实质上具有'形象'思维的特质"，"'意象'为中国诗性美学之核心范畴"，"意象"即"意中之象"。《易》"立象以尽意"，《文心雕龙》"窥意象而运斤"③。

85. 气象。诗词的气象，是指作者的胸怀与气度，以及视野与精神境界。胸怀是否宽广，气度是否恢宏，视野是否开阔，精神境界是否高尚，即诗词的气象所在。

---

① 程千帆主编，（清）王士禛等著：《诗问四种》，齐鲁书社1985年版，第112页。
② 程千帆主编，（清）王士禛等著：《诗问四种》，齐鲁书社1985年版，第118页。
③ 韩经太：《守正出新：中华文化的诗性精神》，《中国社会科学报》2017年4月24日，第5版。

86. 意象。诗词的意象，是指作者意念、思想、意愿、意志、情感、情趣、情谊、情义及精神等在诗词中的艺术形象。关于意象有一些专著，如美国人写的《诗的意象》、严云受的《诗词意象的魅力》等。

87. 楼：在古诗词中的气象与意象。有东楼、西楼、南楼、北楼、江楼、阁楼、朱楼、红楼、城楼、高楼、层楼之说，尤以"西楼"表达相思意象为多。

88. "西楼"一词最早见于六朝诗歌。南朝诗人鲍照《玩月城西门廨中》，"始出西南楼，纤纤如玉钩"；庾信《奉和春夜应令》，"天禽下北阁，织女入西楼"。

89. （唐）韦应物《西楼》："高阁一长望，故园何日归。烟尘拥函谷，秋雁过来稀。"元稹："最忆西楼人静夜，玉晨钟磬两三声。"白居易："遥知别后西楼上，应凭栏干独自愁。"李欣："西楼对金谷，此地古人心。"郎士元："城上西楼倚暮天，楼中归望正凄然。"

90. 白居易有《西楼》《登西楼忆行简》《北楼送客归上都》《题浔阳楼》《题岳阳楼》《西楼夜》《东楼晓》《江楼夕望招客》《江楼晚眺》《东楼南望》等诗，各具其意。《登西楼忆行简》

说："每因楼上西南望，始觉人间道路长。"①

91. （晚唐）许浑②《咸阳城东楼》："一上高城万里愁，蒹葭杨柳似汀洲。溪云初起日沉阁，山雨欲来风满楼。鸟下绿芜秦苑夕，蝉鸣黄叶汉宫秋。行人莫问当年事，故国东来渭水流。"气象开阔，尤其"一上高城万里愁"。"山雨欲来风满楼"，将有重大变化发生。该诗有种非凡气象。此种气象，正以东楼为征。唯"夕"与"日沉阁"重复，可否改为"衰"？

92. 宋词中"西楼"意象尤盛。如曾巩《西楼》："海浪如云去却回，北风吹起数声雷。朱楼四面钩疏箔③，卧看千山急雨来。"范仲淹《苏幕遮》："碧云天，黄叶地，秋色连波，波上寒烟翠。山映斜阳天接水，芳草无情，更在斜阳外。黯乡魂，追旅思，夜夜除非，好梦留人睡。明月楼高休独倚，酒入愁肠，化作相思泪。"李清照《一剪梅》："红藕香残玉簟秋，轻解罗裳，独上兰舟。云中谁寄锦书来？雁字回时，月满西楼。花自飘零水自流。一种相思，两处闲愁。此情无计可消除。才下眉头，却上心头。"晏几道《蝶恋花》："醉别西楼醒不记。春梦秋云，聚散真容易。斜月半窗还少睡，画屏闲展吴山翠。"又

---

① 王汝弼选注：《白居易选集》，上海古籍出版社1980年版，第199页。白居易的《西楼》等，均见该书。
② 许浑（约791—约858），字用晦（一作仲晦），丹阳人。晚唐最具影响力诗人之一，专攻律体；内容以怀古、田园、水雨为主，艺术以对仗工整、节律严实为上。后人有"许浑千首诗，杜甫一生愁"之说。
③ 钩疏箔：挂起竹制窗帘。

"西楼别后，风高露冷，无奈分外明"。姜夔："记曾共、西楼雅集，想垂杨还袅万丝金。"

93. "西楼"是中国诗词中特有的意象，多含深情相思之意。

94. 诗词意象无数。诗人作诗，各有意象。意象与比喻不同。意象是意境中的形象。

95. 隐喻。苏珊·桑塔格认为，没有隐喻，人就无法进行思考。也有人认为，"没有隐喻，一个诗人就不可能进行真正的写作"，"作为一种近乎本体的隐喻，乃诗歌区别于其他艺术类别的最为重要的特质"。他从现代语义学角度，引用许慎、段玉裁等文字学家对"喻"字的解释，总结了"喻"字的音、意、形的发展，认为"喻言的喻，几乎包含了诗歌的核心，不仅要隐喻，而且要超越"。他说，喻言的诗歌创作始于 20 世纪 80 年代后期，20 世纪八九十年代主要集中在重庆；最近两三年主要集中在成都；中间休眠期北京、武汉等地有零散作品。"作为普通人的喻言，沉默而有担当；作为诗人的喻言，诗歌缄默而有力量，孤独又危险。""诗人的灵魂在隐喻中飞翔，在诗歌中超越，在现实中坚强、澄静、美好地活着。"[1] 这种现象，应予注意。

---

[1] 向以鲜：《隐喻与超越——我所认识的喻言及其诗歌》，《光明日报》2015年 11 月 16 日，第 13 版。

96. 王鹏运填词，主张"重拙大"①。他认为，词的上乘之作在于"可解不可解""烟水迷离之致"。词和一切文学作品一样，是"以文字为物质手段，构成一种表象和想象的形象，从而反映现实生活，表现艺术家的审美感受"。文学作品是不能"一语道破的"。康有为称其词"光绪朝第一"，叶恭绰称其"气势宏阔，笼罩一切，蔚为词宗"。蔡嵩认为其词"以立意为体，故词格颇高；以守律为用，故词法颇严"②。主张"重拙大"，自成一说，有启发意义；标榜"可解不可解""烟水迷离之致"，也可以理解，因为王鹏运经历坎坷，情意难诉。李商隐也有类似情致。但有许多上乘文学作品，并非"可解不可解""烟水迷离之致"，如："李白乘舟将欲行，忽闻岸上踏歌声。桃花潭水深千尺，不及汪伦送我情。"又"床前明月光，疑是地上霜。举头望明月，低头思故乡""五花马，千金裘，呼儿将出换美酒，与尔同销万古愁！"等等，多么明白，绝无"烟水迷离之致"。

97. 张廷玉的诗词观。张廷玉少年即受父亲张英诗教："诗何为而作哉？盖蕴于吾之性情，抑扬咏叹，而不能自已者耳。""新与丽，非诗之旨也。……若求新与丽，而转以蔽性情之真，则不知其诗为何人作也。古之善诗者，若晋之陶（潜），

---

① 王鹏运（1849—1904），广西桂林人。他至少有七稿九集的诗词（有人估计在760首以上），但其亲自删定仅存139首。可见其态度多么严谨。
② 沈家庄等：《清代独树一帜的词学大家王鹏运》，《中国社会科学报》2015年1月28日，B05版。

唐之李（白）、杜（甫）、韦（应物）、白（居易），宋之苏（轼）、陆（游）辈，不名其集而试诵其辞，则知为某作。此无他，其性情之真不可掩耳。"① 认识到诗之旨在抒发性情。

98. 张廷玉进一步认为："诗之为道，原本山川，极命草木，比物以属事，离辞而连类，此古人立言之大凡也。然必有性情以绾结于中，斯委婉啴谐②自盎然流露于彩色声音之外。"强调诗道原本山川环境，而必有性情。而又通于音乐，温柔敦厚，自有所感才能感人："诗之道原通于乐。苟无温柔敦厚之性情，纵尺寸比拟未必不铿锵可颂，然中无所感又焉能感人！"③

99. 张廷玉说："诗文出于性灵者，必传于后。"④他赞赏"以绝妙之辞，写性灵之语，不事雕绘，而吐纳风流，自然中节"的诗⑤。他自己的诗也是，如："月夕此静坐，空庭人迹稀。隔邻闻梵磬，望远念戎衣。"⑥月下独坐之时，听着隔邻的梵磬，

---

① （清）张廷玉撰：《大司寇励南湖诗集序》，《张廷玉全集》（上），安徽大学出版社2015年版，第153页。
② 啴谐：啴：1. tān，喘息，喜乐。2. chǎn，宽缓、安舒。啴谐，犹和谐。
③ （清）张廷玉撰：《汪畏斋诗序》，《张廷玉全集》（上），安徽大学出版社2015年版，第190—191页。
④ （清）张廷玉撰：《空明阁诗序》，《张廷玉全集》（上），安徽大学出版社2015年版，第189页。
⑤ （清）张廷玉撰：《梅亭小草序》，《张廷玉全集》（上），安徽大学出版社2015年版，第151页。
⑥ （清）张廷玉撰：《和鄂毅庵少保八月十六夜独坐对月有述》，《张廷玉全集》（下），安徽大学出版社2015年版，第342页。

远望而又想着戍守边关的征人。身为朝廷大臣，难得如此。

100. 张廷玉继承司空图《诗品》中的"冲淡（遇之匪深，即之愈稀）""含蓄（不著一字，尽得风流）""清奇（如月之曙，如气之秋）"观念，并以之求诗论诗①。

101. 张廷玉有"诗境""意境""境界"观念。曾自谓"笔力孱弱，意有所会，觉古人诗境近在眉睫间，握管追之，邈不可得"②。又说："今老矣，意中之境界可望而不可即。"③由此看来，"诗境""意境""境界"说，不始于王国维《人间词话》。

102.《燕京诗刊》创刊十周年纪念会上，万福义朗诵其《清波引——贺〈燕京诗刊〉创刊十周年兼论诗道》："一池清水，百花圃，蝶蜂共舞。春华秋实，园丁洒甘雨。行行十年路，感念园丁辛苦。壮怀都是高歌，大时代，序家谱。　　诗词有道，品高洁，文苑松竹。形神兼备，铿锵有风骨。含英吐菁露，洒扫心田净土。激浊扬起清波，清波漱玉。"形象、生动、有力。品质与格调，均属高洁。

---

① （清）张廷玉撰：《方贞观诗序》，《张廷玉全集》（上），安徽大学出版社2015年版，第152—153页。
② （清）张廷玉撰：《空明阁诗序》，《张廷玉全集》（上），安徽大学出版社2015年版，第189页。
③ （清）张廷玉撰：《澄怀园诗选自序》，《张廷玉全集》（上），安徽大学出版社2015年版，第157页。

103. 林纾《徐又铮填词图记》中写道："余嗜词而不知律，则日取南宋名家词一首熟读之，至千万遍，俾四声流出唇吻，无一字为梗。然后照词填字，即用拗字，亦顺我牙齿，自以为私得之秘。乃不图吾友徐州徐又铮已先我得之。又铮尝填《白苎》，两用入声。余稍更为去声，而又铮终不之安，仍复为入声而止。余寻旧谱按之，果入声也。因叹古人善造腔，而后辈虽名出其上，仍无敢猝改，必逐字恪遵，遂亦逐字协律。余之自信，但遵词而不遵谱，此意固与又铮符合。又铮之年半于余年，所造宁有可量？旧作《填词图》赠之，又铮已广征题咏于海内之名宿，顾多未见又铮之词，将以余图为寻常应酬之作，故复为之记，以坚题者之信，使知又铮之于词，实与余同调，兢兢然不敢于古人用字有所出入也。"[1] 由此可见林纾与徐树铮填词的一种方法，可为借鉴。亦可见林、徐之人。

104. 臧荫松为林纾《践卓翁小说》第二辑作《序》，认为林纾写小说，得史家之流风余韵，"深于情而能持以正"，且熟读《史记》《汉书》，"造语古简而切挚，篇法亦变幻莫测"。并谓："真小说家，非史家亦莫造其极。"称赞林纾的小说"但言人事，不言鬼神；即言之，亦偶然耳。其能款款动人处，闭目思之，亦似确有其事"[2]。林纾自己亦曾说，小说可以为史证。其

---

① 徐道邻编述、徐樱增补：《徐树铮先生文集年谱合刊》，台湾商务印书馆1989年版，第114—115页。另见《畏庐续集》（民国五年）第52页。

② 张旭、车树昇编著：《林纾年谱长编》，福建教育出版社2014年版，第257—258页。

实，诗歌更可以为史证。非有史识，诗歌亦难造其极。诗歌尤需"深于情而能持以正"。李白、杜甫、辛弃疾、苏东坡、陆游……哪个没有史识？

105. 臧荫松 1916 年 7 月为林纾《铁笛亭琐记》写的"序"中说："古来作者如林，而唐宋二代，为笔记者独多。有明太祖雄猜，自高青邱之狱，文人作诗颇留意，则私家记载，益形敛退。前清入关，文字之狱大猖。一字之不检，至赤其族，矧敢作笔记，以招忌者之馋，贡身自膏于斧锧也？南山集初无失检，而赵申乔锻成其狱。方望溪大儒，至以是出塞。小人之凶焰，可谓甚矣。纪文达之《阅微草堂笔记》，多谐谑，兼及鬼事。《聊斋》则专言狐鬼，故得无事。若稍涉时政者，族矣。"①

106. "莫道书生空议论，头颅掷处血斑斑。"——邓拓 1960 年 5 月参观东林书院时有感而发。邓拓（1912—1966），曾编辑《毛泽东选集》，任人民日报社社长兼总编辑。

107. 袁枚："自《三百篇》至今日，凡诗之传者，都是性灵。"②又说："诗者，由情生者也。有必不可解之情，而后有必不可朽之诗。"③

---

① 张旭、车树昇编著：《林纾年谱长编》，福建教育出版社 2014 年版，第 263 页。
② 袁枚：《随园诗话》上，北京燕山出版社 2007 年版，第 125 页。
③ 王英志选注：《袁枚诗选·前言》，人民文学出版社 2009 年版，第 7 页。

108. 前人有言："少见之人，以不怪为怪。"诚然。

109. 丁珠《遣怀》："我口所欲言，已言古人口。我手所欲书，已书古人手。不生古人前，偏生古人后。一十二万年，汝我皆无有。等我再来时，还后古人否？"《咏淮阴侯》："淮阴当穷时，乞食一饿殍。及其封王后，被诛尤草草。穷不能自保，达不能自保。万古称人杰，为之一笑倒。"① 有大胸怀，想象力超群，并有独到见解。

110. 捐弃俗学，以攻实学，方获成就。梅式庵鄙视"时文气息"，很有见地②。有辩证观，能从正反两面看。于今可鉴。

111. 宋代戴刬源（1244—1310）著《刬源集》，其中有不少诗学思想，强调游历对于写诗的重要作用。固然有其道理，验之民诗，亦不为过。但是，仔细想想，写诗首先要有志向，其次要有文学修养，再次要有情感、有兴趣、有思想，然后才会写诗。

112. 李瑛诗观。李瑛认为，诗是代表人类最高智性的符号。他要求自己：按照诗的规律进行严格的创作；在生活中获得创作冲动和灵感，领悟社会和历史；在大自然中寻找自己的位置，"在认识人的崇高和大自然的永恒中发现自己的美和与自

---

① 袁枚：《随园诗话》上，北京燕山出版社2007年版，第140页。
② 袁枚：《随园诗话》上，北京燕山出版社2007年版，第177页。

己共生的生命和事物的美"；"在诗的内部和外部，注意韵律节奏的和谐和平衡"。并认为："限制会使诗获得更强的生命，完全放任的自由会使诗死亡。"① 这是李瑛90多岁时，对其诗歌创作经历的理性认识和诗性总结。

113. 诗之厚、雄、灵、淡。清代查为仁说："诗之厚，在意不在辞；诗之雄，在气不在直；诗之灵，在空不在巧；诗之淡，在脱不在易；须辨毫发于疑似之间。"（《莲坡诗话》）

114. 袁枚："诗家两题，不过'写景言情'四字。我道：景虽好，一过目而已忘；情果真时，往来于心而不释。孔子所云'兴观群怨'四字，惟言情者居其三，其写景，则不过'可以观'一句而已。"② 一家之言。诗亦可以纪事，可以言理，更可以言志。孔子说诗可以兴观群怨，但不止于兴观群怨。

115. 袁枚《续诗品》主张"葆真"（保持和表现真性情）、"澄滓"（务去陈言俗意，"宁可不吟，不可附会"）、"博习"（多读书学习，"曰不关学，终非正声"）、"神悟"（善于妙悟，"鸟啼花落，皆与神通"）③，是诗人应该做到的。

（南朝·宋）鲍照《答客》诗："欢至独斟酌，忧来辄赋

---

① 李瑛：《诗使我变成孩子》，《光明日报》2017年9月15日，第14版。
② 袁枚：《随园诗话》下，北京燕山出版社2007年版，第597页。
③ 王英志选注：《袁枚诗选》，人民文学出版社2009年版，第125—128页。

诗。"① 有悲愤出诗人之味。

116. 自为问答。胡小石讲：杜甫《羌村》诗，末尾六句自为问答，"诗中每自为问答，而不标出谁某。如此处上四句为父老之辞，下二句则为杜辞。古无标点符号，须读者自辨之"。又举王粲《七哀诗》、蔡文姬《悲愤诗》、李白《山中问答》等为例。"李白《山中问答》：'问余何意栖碧山？笑而不答心自闲。桃花流水杳然去，别有天地非人间。''何意'句是问者之辞。'桃花'二句是白自答。"②

117. 动词的用法。胡小石认为："前辈诗人在技术上有一控制世间万象之武器，即动词是也。故凡动词之选择与烹炼，须求其效果能生动、深刻、新颖而又经济，实费苦心。观昔人改诗诸例，如'身轻一鸟过'之'过'，'天阙象纬逼'之'逼'，'僧敲月下门'之'敲'，'春风又绿江南岸'之'绿'。其所经营再四而后能定者，皆属动词，可以悟其理。"③

118. 长诗与短诗。胡小石说："凡诗之长篇与短篇，为用不同，以戏曲譬之，长篇如整体连台戏，短篇则折子戏。长篇

---

① 转引自黄金贵：《斟酌》，《中国社会科学报》2016年7月5日，第3版。
② 徐有富：《"听"胡小石讲杜甫的"羌村"》，《中国社会科学报》2016年7月29日，第8版。
③ 徐有富：《"听"胡小石讲杜甫的"羌村"》，《中国社会科学报》2016年7月29日，第8版。

波澜壮阔，疏密相间，变化起伏，而不能处处警策。短篇则力量集中，精彩易见。亦犹观折子戏者每感其动人之效果迅速，易于见好也。"他还运用历史、地理、社会、生活及科技等方面的知识，讲解诗词。

119. "格"和"律"。胡小石说："格可变，律不可动。就好比每人脸上都有两眼一鼻一口，这便是不变的律。但每人的眼口鼻都有长短、高低、大小之分，这是可变的格。""聪明人要用笨功夫"，这是胡小石先生告诫其高足王季思的一句话①。

120. 梅尧臣对欧阳修说："诗家虽率意，而造语亦难。若意新语工，得前人所未道者，斯为善也。必能状难写之景如在目前，含不尽之意见于言外，然后为至矣。"欧问："状难写之景、含不尽之意，何诗为然？"梅答："作者得于心，览者会以意，殆难指陈以言也。虽然，亦可略道其仿佛。若严维'柳塘春水慢，花坞夕阳迟'，则天容时态，融和骀荡，岂不如在目前乎。又若温庭筠'鸡声茅店月，人迹板桥霜'，贾岛'怪禽啼旷野，落日恐行人'，则道路辛苦，羁愁旅思，岂不见于言外乎。"②

---

① 来源于百度。
② 杜维沫、陈新选注：《六一诗话》，见《欧阳修文选》，人民文学出版社1982年版，第327页。

121. 张廷玉认为："'状难写之景如在目前，含不尽之意见于言外，然后为工（至）。'此数语，看来浅近，而义蕴深长，得诗家三昧矣。"①

122. 欧阳修说："诗人贪求好句，而理有不通，亦语病也。……唐人有云：'姑苏城外寒山寺，夜半钟声到客船'说者亦云：句则佳矣，其如三更不是打钟时。"②虽说如此，而该诗广为人道，其中羁旅愁思，不亦见于言外？三更虽非打钟时，夜半钟声却能道出仿佛，读者亦能理会。

123. 欧阳修谓："退之（韩愈）笔力无施不可，而尝以诗为文章末事。故其诗曰：'多情怀酒伴，余事做诗人'也。然其资谈笑、助谐谑、叙人情、状物态，一寓以诗，而曲尽其妙。此在雄文大手，固不足论，而予独爱其工于用韵也。盖其得韵宽，则波澜横溢，泛入傍韵，乍还乍离，出入回合，殆不可拘以常格，如《此日足可惜》之类是也。得韵窄，则不复傍出，而因难见巧，愈险愈奇，如《病中赠张十八》之类是也。"③此等，皆可作为写诗之鉴。

---

① 张廷玉：《澄怀园语》，见《父子宰相家训》，安徽大学出版社2015年第3版，第152页。
② 杜维沫、陈新选注：《六一诗话》，见《欧阳修文选》，人民文学出版社1982年版，第330页。
③ 杜维沫、陈新选注：《六一诗话》，见《欧阳修文选》，人民文学出版社1982年版，第332页。

124. 为诗应悟道。悟自然发展规律、社会发展规律，悟人情世故、人心向背、人性所趋。苏辙说："唐人工于为诗，而陋于闻道。孟郊耿介之士，虽天地之大，无以容其身，卒穷以死。李翱、韩退之皆极称之。甚矣！唐人之不闻道也。"朱熹说："李长吉（贺）诗巧。"对于这两句话，张廷玉认为："世之善学诗者，不可不知。"① 巧：花言巧语之巧，虚浮不实。

125. 宗白华对诗的感受："记得我在同郭沫若的通信里曾说过：'我们心中不可没有诗意、诗境，但却不必定要做诗。'这两句话曾引起他一大篇的名论，说诗是写出的，不是作出的。他这话我自然是同意的。我也正是因为不愿接受诗的形式推敲的束缚，所以说不必定要作诗。"② 的确，写诗不应受形式推敲的束缚，重在表达性情、兴致、思想、愿景与有关内容。

126. 林昌彝说："作诗最忌诗名太盛，每见诗家名盛之后，多率意为之……学者当深戒之。"③ 此是良言。不仅作诗，书法绘画等亦是。何以如此？盛名之下其实难副。其他方面也如此。名盛之后，有飘拂者，有傲慢者，有不思进取者，有缺乏自律者，等等，不一而足。实当深戒之。

---

① 张廷玉：《澄怀园语》，见《父子宰相家训》，安徽大学出版社 2015 年第 3 版，第 206 页。
② 转引自朱雷刚：《草书的诗性美》，《学习时报》2016 年 8 月 18 日，第 6 版。
③ 王英志选注：《袁枚诗选》，人民文学出版社 2009 年版，第 214 页。

127. 诗不宜有专家。诗亦可作酒肴。丰子恺和郑振铎阔别十年后，郑到杭州出差，从旅馆找到他家，两人对坐饮酒。此时，再看到墙上苏步青的诗，丰子恺心情特别好。他说："有了这诗，酒味特别地好。我觉得世间最好的酒肴，莫如诗句。而数学家的诗句，滋味尤为纯正。因为我又觉得，别的事都可有专家，而诗不可有专家。因为做诗就是做人。人做得好的，诗也做得好。倘说做诗有专家，非专家不能做诗，就好比说做人有专家，非专家不能做人，岂不可笑？因此，有些'专家'的诗，我不爱读。因为他们往往爱用古典，蹈袭传统；咬文嚼字，卖弄玄虚；扭扭捏捏，装腔作势；甚至神经过敏，出神见鬼。而非专家的诗，倒是直直落落、明明白白、天真自然、纯正朴茂，可爱得很。樽前有了苏步青的诗，桌上酱鸭、酱肉、皮蛋和花生米，味同嚼蜡，唾弃不足惜了！"[①]确实，诗不宜有专家。各行各业的人，都可以写诗，并且一直如此，亦应如此。诗作酒肴，更有意味。

128. 朱德与臧克家谈诗。说自己公余之暇，也喜欢读一点诗，偶尔也写一点。写得不很满意。朱认为，诗要表现战斗生活，为革命服务。不要写得太深奥，叫一般人看不懂，那样，就会失掉诗的作用。诗应该通俗化、群众化，意思、语言要朴素、明朗，叫人人看得懂，念出来，听得懂，这样，群众自然会喜爱诗，不仅仅限于少数知识分子的范围……[②]

---

① 丰子恺：《湖畔夜饮》，见范用编《文人饮食谭》，生活·读书·新知三联书店 2004 年版，第 275 页。
② 参见臧克家：《朱总与我谈诗》（1977 年 6 月 16 日），见《回忆朱德》。

129. 元好问论诗："一语天然万古新，豪华落尽见真淳。"天然和真纯，实为诗歌常新之要义。

130. 诗之注。诗不必自注，抒情言志，自知即可。如为备忘，关键处自注，未尝不可。若为对人解释，大可不必。《诗经》《楚辞》及魏晋诗，未见有自注。唐人元稹注其《桐柏观碑》，欧阳修批其不当。清人韩门注其《蚊烟诗》较详，袁枚讥其"是蚊类书，非蚊诗也"。认为"诗有待于注，便非佳诗"①。但为存史纪事，可以加注。

131. 黄遵宪诗开一代风气。惋惜黄遵宪诗未及自注，因其多关国故。由此看来，诗关重要事项，只有自己或很少人知道者，当加自注。但作者不便言明者，亦无可奈何。

132. 采用什么诗体，与性情习惯有关。

133. 诗宜敦厚和平，不要有浅薄之语。李商隐《马嵬驿》诗结句"如何四纪为天子，不及卢家有莫愁"，张廷玉20多岁时读此微觉不满意，"以为未免强弩之末，然未敢轻以语人也。及老年见胡苕溪《诗话》以二语为浅近，不觉掩卷而笑，命儿辈识之"②。为诗者当知此。

---

① 袁枚：《随园诗话》上，北京燕山出版社2007年，第98页。
② 张廷玉：《澄怀园语》，见《父子宰相家训》，安徽大学出版社2015年第3版，第207页。

134. 唐代诗人刘禹锡说："为诗用僻字须有来处"，作诗"须有据，不可学常人率尔而道也"。《桐江诗话》说："咏物诗有澹永之味，不即不离"为佳作 ①。

135. 钱谷融认为，文学作品应该富有情致和诗意，使人感到美，能够激起人们的某种憧憬和向往。诗意和美，应从客观和主观两方面考虑。

136. 古人早已认识到：诗歌创作当以意为主，方法亦应灵活。范晔《狱中与诸甥侄书》说："常谓情志所托，故当以意为主，以文传意。"吕本中《夏均父集序》说"学诗当识活法"，"规矩备具而能出于规矩之外，变化不测而亦不背于规矩"。

137. 宋代包恢《答曾子华论诗》说："古人于诗不苟作，不多作。而或一诗之出，必极天下之至精：状理则理趣浑然，状事则事情昭然，状物则物态宛然，有穷智极力之所不能到者，犹造化自然之声也。盖天机自动，天籁自鸣，鼓以雷霆，豫顺以动，发自中节，声自成文，此诗之至也。"如此，自有好诗。

138. 作家陆天明，要用小说为一代人立传，要求有"'史'的风骨"和"'诗'的境界"，"既不为某种'社会成见'

---

① 张廷玉：《澄怀园语》，见《父子宰相家训》，安徽大学出版社 2015 年第 3 版，第 207—208 页。

和'时尚风尘'所动，也不被一己之见的旧习和偏颇拘限"。并"总有一种预感，怕来不及写完自己要写的东西"[1]。他以写小说《幸存者》，实现他"为一代人立传"的愿望。可作写诗之鉴。

139. 缪钺认为，"唐诗以韵胜"，"宋诗以意胜"；"唐诗之美在情辞"，"宋诗之美在气骨"。钱钟书认识大致如此："唐诗多以丰神情韵擅长，宋诗多以筋骨思理见胜。"唐宋各有所长，勿以优劣视之。杜甫诗，既以韵胜，亦以意胜。白居易、罗隐等人的诗，亦是有情有理。

140. 李琦《这就是时光》："对诗歌的热爱，对亲人的牵挂，还有，提起'真理'两个字，内心深处那份忍不住的激动。"追求真理，是人的天性；真理，最让人心动。

141. 贾平凹谈诗："我很喜欢'独悟天下'这个名字，诗歌就是应该上接天，下接地，探悟宇宙实底、折射自然本真，聚焦人间百态、保有赤子之心。"他在为保勤诗选《独悟天下》写的序 ——《为心灵保留自由的空间》中说："他紧扣历史和当下，深入事物本质，挖掘人性深处的火与光，进行现代诗的创新，使诗歌内在的韵律、节奏和外在形式的字、行、句的结构等有了融合与统一，具有浓郁的诗情话意，境由心生，意从情出，成就作品中吸纳百川、汪洋肆意的美丽风景。"保勤的诗

---

① 陆天明：《在守望中前行》,《人民日报》2017 年 11 月 21 日，第 24 版。

"为心灵保留一个自由的空间，一种内在的从容和悠闲"，"追求新韵律、新节奏、新格律"，"充分考虑了诗歌爱好者的吟诵需求"①。

142. 潘大道《论诗》："诗不必有韵，有韵者不必是诗。"此为一家之言，亦有其理。广义言之，也是。

143. 不得已才写诗。林纾认为："诗之道，以自然为工，以感人为能。""大抵诗者，不得已之言也。忧国思家，叹世怨别，吊古纪行，因人情之所本有者，播之音律，使循声而歌之，一触百应，乃有至于感泣者，若《谷风》《桑柔》《板》《荡》，《离骚》，杜甫《北征》诸作是尔。其次则闲适，若陶韦之属，俯仰悠然，亦足自抒其乐。"② 其中"不得已之言"，值得特别注意。袁枚曾有这种看法。余光中也说自己是不得已写诗。盖心有所感，不写就不得已。

144. 余光中写作不得已。他说："我写作是迫不得已，就像打喷嚏，却凭空喷出了彩霞；又像是咳嗽，不得不咳，索性咳成了音乐。"③ 不得已而写作，才易写出好诗。

---

① 《光明日报》2018 年 4 月 4 日，第 16 版。
② 曾宪辉选注：《林纾诗文选》，华东师范大学出版社 1990 年版，第 13 页。
③ 刘华溪：《幽默诗人余光中》，《中国老年报》2018 年 4 月 4 日，第 4 版。

145. 姚永概认为："四言诗乃五言之开山，六言诗实七言之变体。""七绝关键全在第三句上，要硬，要婉，要承上，要色泽，四者不可缺一。"姚永概作诗，主张取法古人，有所自立。要求自己的胸襟、学力，能与境相处，有自立之言。然后"取古人之格律、声色驱策之，不求与之同而自同，不必与之异而有异"。认为"诗体至唐而大备"，"李白杜甫二人途辙不同，其忧时疾俗之情则一。厥后以诗鸣者至多，而苏轼、黄庭坚、陆游、元好问为之最，四子为诗犹白、甫也。自是以降，兢兢于格律、声色，公然模袭，其发愤也不深，则立乎中者不诚，中不诚则气不昌，气不昌则不足以震动而兴起。孔子曰'诗可以兴'，兴于发愤也"[①]。

146. 姚永概论诗有创意。他《书梅宛陵集后》说："我思文字贵，在切时与己。要使真面目，留与千载视。时为何等时？士为何等士？当其入微妙，不在文字里。阅历助胸襟，天资加践履。四世不关诗，诗故待此美。俗士动夸古，终身寄人篱；一体效一家，自矜工莫比。乞人衣百宝，不称徒为嗤。扬眉讥杜韩，况说宋诸子。"[②]强调切时切己，要留真面目与千载视。认为其微妙在胸襟与阅历，在天资和实践。他自认个人成就，诗为第一，古文次之。其论诗有切身体会。唯其诗音步不够协调。

---

① 姚永概著，沈寂等标点：《慎宜轩日记》上，黄山书社 2010 年版，沈寂"前言"第 5—6 页。
② 转引自杨怀志等主编：《清代文坛盟主桐城派》，安徽人民出版社 2002 年版，第 144 页。

147. 姚永朴认为，诗之为道，必性情真才能有内容，必具学力才能有文采，必富才气才能自我表达。[①]他因好经、史之学，不多写诗。性情真、学力深、才气足，当然更要有思想。

148. 胡适1916年5月写《沁园春·誓诗》说："更不伤春，更不悲秋，……从天而颂，孰与制天而用之？……文学革命何疑！且准备搴旗作健儿。"一反前人伤春悲秋情怀，以"制天而用之"雄姿，决心进行文学革命！何等豪迈！的确应该如此。可是，闻一多、臧克家等，写过许多白话新诗后，又回头写旧体诗。这表明，白话新诗创作，还不够成功，旧体诗仍有生命。许多旧体诗，感发心志，朗朗上口，简明易记，情真意切，耐人寻味。而许多新诗，则不明不白，长而无味。

149. 余绍宋（1882—1949）在论诗绝句22首中说："诗随时令始为真，岂必斤斤貌古人。但在精神不在体，体新未必即诗新。""茫茫终古无穷极，今日为新往即陈。诗体推迁无止境，莫教来世笑吾人。"[②] 真知诗者，视野开阔。其义与清代赵翼相通。

---

① 姚永朴：《慎宜轩诗序》，见《桐城派名家文集（11）姚永朴集》，安徽教育出版社2014年版，第36页。
② 易海云、郑尚可编注：《现代格律诗鼓吹集》，贵州人民出版社2018年版，第21页。

150. 谢觉哉论新旧诗体说："可以旧瓶装新酒，亦可旧酒入新瓶。当年白陆何曾旧，今日韩黄亦必新。不改温柔敦厚旨，无妨土语俗词陈。里巷皆歌儿女唱，本来风雅在宜人。"[①] 谢亦知诗者，自有见地。

151. 王国维"有我无我"，仅为一说，且所引"无我之境"，亦"有我之境"。其谓"采菊东篱下，悠然见南山"，"寒波澹澹起，白鸟悠悠下"，是"无我之境"[②]。试问：谁采菊东篱下，谁悠然见南山？不是作者之"我"吗？"寒波澹澹起，白鸟悠悠下"只是词中一景。从整首词看，词中亦有"我"，是谁与"故人重分携，临流驻归驾"？是谁"乾坤展清眺"？是谁"怀归人自急""回首亭中人"？不就是"我"吗？

152. 境有"有我、无我，有人、无人，有物、无物，有事、无事，有情、无情，有义、无义"等，世间百态，诗词中皆有，不止"有我无我"。

153. 南宋诗人严羽强调"兴趣"，清代王士祯强调"神韵"，王国维强调"境界"。王国维认为，"兴趣"和"神韵"，不如"境界"探其本。又说"太白纯以气象胜"[③]。

---

① 易海云、郑尚可编注：《现代格律诗鼓吹集》，贵州人民出版社 2018 年版，第 22 页。
② 王国维著、谭汝为校注：《人间词话》，群言出版社 1995 年版，第 2 页。
③ 王国维著、谭汝为校注：《人间词话》，群言出版社 1995 年版，第 7 页。

154. 王国维说:"客观之诗人,不可不多阅世。""主观之诗人,不必多阅世。阅世愈浅,则性情愈真,李后主是也。"① "词之雅郑,在神不在貌。"② 神为主,貌亦需合。所谓意足语妙者也。

155. 沈德潜③谈作文作诗。清代沈德潜认为,作者胸中应有"不可磨灭之概与挹(yì,舀)注不尽之源","作文作诗,必置身高处,放开眼界,源流升降之故了然于胸,自无随风逐浪之弊"。此其自身阅历与追寻。的确应该如此。

156. 清代赵翼《论诗·五首》中的前两首:"满眼生机转化钧,天工人巧日争新。预支五万年新意,到了千年又觉陈。""李杜诗篇万口传,至今已觉不新鲜。江山代有才人出,各领风骚数百年。"④ 陈伯达曾用第二首题赠林彪叶群。"批林批孔"时广为人知。

157. 赵翼《论诗·五首》后三首亦值得含味:
只眼须凭白主张,纷纷艺苑漫雌黄。(陈独秀发表文章有时

---

① 王国维著、谭汝为校注:《人间词话》,群言出版社1995年版,第13页。
② 王国维著、谭汝为校注:《人间词话》,群言出版社1995年版,第26页。谭注:郑,指与"雅"相对的靡丽甚至低俗的文风。查《古代汉语词典》及《中华小字典》未见该意。"雅郑"是否"雅正"?可再探讨。
③ 沈德潜(1673—1769),江南长洲(今苏州)人,清代前期诗人,乾隆时官至内阁学士兼礼部侍郎。编有《古诗源》《唐诗别裁集》《明诗别裁集》《清诗别裁集》等。
④ 叶永烈:《陈伯达传》,四川人民出版社2016年版,第579页。

署名"只眼",可能源于此。)

矮人看戏何曾见,都是随人说短长。(写诗、评论诗,要有独到见解和自己的主张,不可信口雌黄,也不要人云亦云。)

少时学语苦难圆,只道工夫半未全。

到老始知非力取,三分人事七分天。(写诗不全靠人力功夫,更重要的是所处自然环境、社会环境、机遇和挑战。)

诗解穷人我未空,想因诗尚不曾工。

熊鱼自笑贪心甚,既要工诗又怕穷。(诗,是穷而后工,还是工而后穷?这是个有不同看法的问题。)

158. 赵翼《题遗山》

身阅兴亡浩劫空,两朝文献一衰翁。

无官未害餐周粟,有史深愁失楚弓。

行殿幽兰悲夜火,故都乔木泣秋风。

国家不幸诗家幸,赋到沧桑句便工。(末尾两句,最有意味。可谓较有普遍意义。)

159. 赵翼《野步》

峭寒催换木棉裘,倚杖郊原作近游。

最是秋风管闲事,红他枫叶白人头。(末尾两句,有新意也有趣,耐人寻味。)

160. 魏维钧①赠《诗作点滴》，其"前言"中说："我很早以前就喜欢诗词这种文化形式，但苦于没有机会学习。"许多人喜欢诗词而没有机会学习，她还是幸运的，有一定的文化基础，得到一些帮助。她说："在诗词领域中，我不懂格律诗的对仗，不懂平仄去入四声韵律，只遵循事物发展的客观规律，合乎语言逻辑来抒情写意。只要顺口即可。"她的诗词如其所说。如《重庆体改委介绍交通情况有感》："蜀道之难并非难，古往今来换人间。……太白倘若今在世，定当改写《蜀道难》。"②有新意。《自勉》（从机要处调到中共党史教研室时的心境）："新业开端，步履艰难。两鬓霜染，始作教研。恐岁不与，思绪万千。面对现实，奋发钻研。苦读攻关，请求指点。重以修能，不贪名篇。何以自慰？勤学苦练。跬步不舍，积水成渊。劬劳憔悴，为党贡献。只争朝夕，勇于登攀。"③有古风之意。

161. 诗，让人看了之后就想写诗——那是多么美好的诗，多么美好的境界！有人说："2000年前后，有一个比他（布考斯基）小15岁的美国诗人布劳提根，走入我的视野。他写诗的态

① 魏维钧（1928.9—），河北深州人，先后在延安抗大分校、中国人民大学、中共中央高级党校学习。1949年接管天津卫生系统后，任天津市助产学校校长。1956年考入中共中央高级党校师资训练部学习。1958年在中央党校师资训练部党史支部毕业留校，历任资料室组长、机要科科长、机要处处长、中共党史教研室副教授等。
② 魏维钧：《诗作点滴》，北京海燕影艺社2019年版，第39页。《燕京诗刊》2013年11月第26期。
③ 魏维钧：《诗作点滴》，北京海燕影艺社2019年版，第8—9页。《燕京诗刊》2004年6月第5期。

度是 ——'前几天，一个朋友来我家读到我的一首诗。今天他又跑回来，要求再次读读那首诗。他读完以后说：这首诗让我想写诗。'（《嗨！就是为了这个》）"① 写诗应该有这种态度。

162. 诗词标准问题。和武扬通话谈诗词。武扬认为：诗词应该有全国统一的标准，格律、词谱等，应该统一。但是没有，显得比较乱。各种工具书，说法也不一致。手机诗词格律检测软件，也很乱。书法界更乱。我想，这是可以理解的。要求统一标准，有方便审读检测的一面，但是也有不利于创新的一面。各人各地、各时各事，不尽一致，不能完全统一。能够顺畅表达思想感情，文字简练而错落有致即可。

163. 关于文言文写作。"新近教育部在高校设立中华优秀传统文化传承基地时，分别在上海大学与首都师范大学立项'中华古诗文吟诵与创作基地'，其中就含有文言文吟诵与文言文创作的内容。"② 这是值得注意的。100 年前胡适等提倡写白话文、白话诗。大家已经习惯写作和应用白话文，回过头写作和应用文言文，会有许多人不适应。但部分人写作或许可行。文言文之简约精练，有可取之处，也有存在价值和空间。适当读些文言文，对写诗定有帮助。

---

① 《从布劳提根到布考斯基：不取悦社会的影子》,《新京报》2019 年 10 月 26 日，B02 版。
② 曹辛华：《文言文写作的当代传承》,《光明日报》2019 年 3 月 4 日，第 13 版。

164. 语言战略。有人说"人工智能领域：得语言者得天下"①。由此看来，诗歌亦有语言战略问题。几千年来，诗歌语言主要是生活与诗文中的语言。能否适应将来？已成为问题。已经有人指出："未来世界，不是诗意消失而是'乡音'沦陷。我们之后的一代人，'母语'的外延和内涵都将发生深刻变化，未来的'母语'也许仅仅是指一个民族一个国家的标准普通话。互联网的发展，新的跨越国界空间的语言也将被催生。诗人这个角色，也许将被赋予历史的悲壮色彩，由'母语'的拓疆者转换为'母语'的最后的守卫者。"②

165. 诗作修改。除极少情况，诗作都需修改。大部分改后更好些。但时过境迁，若干年后再做修改，容易改错，甚至将好诗改为坏诗，因为对原始的诗兴主旨，已把握不清。心境也已不同。此种经验，前人已经多有其谈。郑板桥《词钞自序》说："为文须千斟万酌以求一是，再三更改无伤也。然改而善者十之七，改而谬者亦十之三。"袁枚《随园诗话》说："忆四十年来，将诗改好者固多，改坏者定复不少。""诗不可不改，不可多改。不改则心浮。多改则机窒。""作诗，兴会所至，容易成篇；改诗，则兴会已过，大局已定。"鲍奕豪说："修改诗文，离不开当时的'心境'，而'心境'是转瞬即逝的。"③

---

① 冯志伟：《人工智能领域：得语言者得天下》，商务印书馆有限公司《语言战略研究》2018 年第 5 期。
② 喻言：《未来世界，不是诗意消失而是"乡音"沦陷》，《语言战略研究》2018 年第 4 期。
③ 鲍奕豪：《趣话修改诗文》，《中国社会科学报》2015 年 8 月 15 日，第 8 版。

166. 修改。唐子西说："诗初成时，未见可訾处，姑置之。明日取读，则瑕疵百出，乃反复改正之。隔数日取阅，疵累又出，又改正之。如此数四，方敢示人。"①《漫斋语录》："诗用意要精深，下语要平淡。"袁枚爱其言，"每作一诗，往往改至三五日，或过时而再改"，"求其精深，是一半工夫；求其平淡，又是一半工夫"②。这都是经验。当然，也有不需改者，但是极少。

167. 袁枚《遣兴》谈及写诗经验："一诗千改始心安"，"但肯寻诗便有诗"，"夕阳芳草寻常物，解用都为绝妙词"，"郑孔门前不掉头，程朱席上懒勾留。一帆直渡东沂水，文学班中访子游"③。有同感，尤其前几句。后四句，亦很好，有骨气，独立不羁，走自己的路，自有目标与同俦。前几句，讲方法。后四句，自成一体，反映袁枚的为人及创新意识。

168. 改诗经验。袁枚说"改诗难于作诗"。经验之谈。作诗在兴会，改诗已时过境迁，并要斟酌再三。

---

① 袁枚：《随园诗话》上，北京燕山出版社2007年版，第49页。
② 袁枚：《随园诗话》上，北京燕山出版社2007年版，第208—209页。
③ 王英志选注：《袁枚诗选》，人民文学出版社2009年版，第170—171页。郑孔：郑玄和孔颖达。郑玄（127—200），东汉经学家，曾作《毛诗笺》；孔颖达（574—648），唐代经学家，曾为郑玄《毛诗笺》作疏。程朱：程颢（1032—1085）和朱熹（1130—1200），分别为北宋与南宋的理学家。子游即言偃（前506—前443），孔子得意的学生之一，擅文学，用礼乐教育人，传承并践行孔子的思想。唐代至清代，多次追封，其影响明显。

169. 每次修改，都可能是创新，或者说是再创作。因为会产生新的想法，甚至和原稿有很大不同。

170. 诗应力求精练准确、鲜明生动、更加美好，应适当修改提高。

171. 请万福义修改《机窗外》。2012 年 10 月 11 日上午，应邀参加纪念《燕京诗刊》创刊十周年。会议期间，民和万福义先生邻座，顺便请他修改指教拙作《机窗外》。他十分认真，字斟句酌，仔细修改，让民非常感动。他的这种精神值得民学习，修改的内容民还要再推敲。因为年龄不同、经历不同、诗学功底不同、思路不同、意境不同、所要表达的内容不同，所以修改与未修改的也就不同。万先生提出："统一用东韵；要含蓄；要有气势。"民认为，这的确值得注意。但不必照样画葫芦。东韵是古韵，已经不必强记硬背；"含蓄"，该含蓄处含蓄，含蓄应出于自然，不必为含蓄而含蓄；古人含蓄，有其自然和不得已处；气势也需自然形成，不必勉为其势。和平年代，诗以自然平易，让人看得明白为宜。

172. 作者的作品，别人未必理解。重在自己感悟，不必非要别人理解。

173. 诗歌的生命，在于创新。内容和形式，都应与时俱进，有所创新。

174. 诗歌创作、诗歌理论及有关探索，广义上无止境；狭义上，尤其就个人而言，有止境。

175. 所有诗意创作，都是广义无止境，狭义有止境。

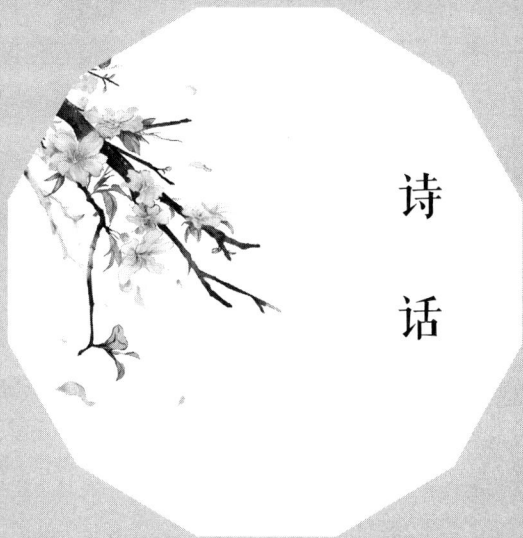

诗话

经历
——
诗意

eight

1. 古往今来，诗话殊多，各有其说。作者天生资质不同，所处环境、所受教育、工作经历等不同，其认识水平、思想境界等亦不同。但是，都有对诗的兴趣爱好。著诗话者，亦多有诗意创作。

2. 中国诗话，始于孔子："诗三百，一言以蔽之，曰'思无邪'。"[①] 用一句话概括诗经三百篇，就是"思想纯正"（或"思无涯"？）。"兴于诗，立于礼，成于乐。"[②] 诗可以使人振奋。"诵诗三百，授之以政，不达；使于四方，不能专对；虽多，亦

---

① 杨伯峻：《论语译注》，中华书局 1980 年版，第 11 页。
② 杨伯峻：《论语译注》，中华书局 1980 年版，第 81 页。

奚以为？"① 熟读诗经三百篇，应该能够办理政务和外交等。"不学诗，无以言。"② 学诗可以更好地说话。"诗可以兴，可以观，可以群，可以怨。迩之事父母，远之事君，多识于鸟兽草木之名。"③ 诗，可以使人振奋，增加联想力、想象力、创新力，可以提高观察力，可有益于合群，可有助于讽谏。近可以侍奉父母，远可以服侍君上；还可以多认识鸟兽草木的名称。"绘事后素""起予者商也！始可与言诗已矣。"④ 诗有启发性。

3. 孟子也有诗话："说诗者，不以文害辞，不以辞害志。以意逆志，是为得之。""颂其诗，读其书，不知其人可乎？"⑤（文：字。辞：词，语。逆：推想、溯源。）解读诗，要知道作者之为人，要设身处地体会其原意，不要拘泥于字词句而误解作者。

4. 读者往往只读诗，而对作者了解得不够。

5. 历代皆有诗话。宋代诗话特多，有 560 余家诗话体著作。清代诗话亦多。《中国历代诗话全编》《明代诗话》等已经出版。据统计，历代诗话专著，有 1500 种以上。《日本诗话二十种》（上下卷）、《日本汉诗话集成》（140 种）等，也已在

---

① 杨伯峻：《论语译注》，中华书局 1980 年版，第 135 页。
② 杨伯峻：《论语译注》，中华书局 1980 年版，第 178 页。
③ 杨伯峻：《论语译注》，中华书局 1980 年版，第 185 页。
④ 杨伯峻：《论语译注》，中华书局 1980 年版，第 25 页。
⑤ 杨伯峻：《孟子译注》，中华书局 1960 年版，第 215、251 页。

中国大陆出版。

6. 诗话可作史话看。诗史同源。诗话谈诗，必然涉及历史。《随园诗话》《饮冰室诗话》《原诗》《一瓢诗话》等，所有诗话，皆含历史。其实，诗话本身也是历史。

7. 读诗话不如读诗。读诗直接获得诗意，诗话隔一层次。但诗话有点睛之处，需要注意。

8. 学诗有弊。"凡事不能无弊，学诗亦然。学汉魏《文选》者，其弊常流于假；学李（白）、杜（甫）、韩（愈）、苏（轼）者，其弊常流于粗；学王（维）、孟（郊）、韦（庄？）、柳（三变）者，其弊常流于弱；学元（稹）、白（居易）、放翁（陆游）者，其弊常流于浅；学温（庭筠）、李（商隐）、冬郎者①，其弊常失于纤。人能取诸家之精华，而吐其糟粕，则诸弊尽捐。大概杜、韩以学力胜，学之，刻鹄不成，犹类鹜也；太白、东坡以天分胜，学之，画虎不成反类狗也。佛云：'学我者死。'无佛之聪明而学佛，自然死矣。"②日常生活亦须知：凡事不能无弊。

9.《诗经》问题。袁枚不称《诗经》，而称《三百篇》，认

---

① 冬郎：唐代诗人韩偓，字致光，小名冬郎。郁达夫《盛夏闲居读唐宋以来各家诗仿渔洋例成诗八首·吴梅村》诗句有："冬郎忍创香奁格，红粉青衫总断魂。"

② 袁枚：《随园诗话》上，北京燕山出版社2007年版，第78页。

为其中有些诗，"均非后人所当效法"，并"疑孔子删诗之说"。袁枚说："《三百篇》如'采采苤苢'、'薄言采之'之类，均非后人所当效法。圣人存之，采南国之风，尊文王之化；非如后人选读本，教人模仿也。""余尝疑孔子删诗之说，本属附会。今不见于《三百篇》中，而见于他书者，如《左氏》之'翘翘车乘，招我以弓'，'虽有姬姜，无弃蕉萃'，《表记》之'昔我有先正，其言明且清'，古诗之'雨无其极，伤我稼穑'之类，皆无愧于《三百篇》，而何以全删？要知圣人述而不作，《三百篇》者，鲁国方策旧存之诗，圣人正之，使《雅》《颂》各得其所而已，非删之也。后儒王鲁斋欲删《国风》淫词五十章，陈少南欲删《鲁颂》，何迂妄乃尔！"①

10. 论诗。袁枚："考据家不可与论诗"，"太不知考据者，亦不可与论诗。"②"凡诗带桀骜之气，其人必非良士。"③皖江督学朱竹君，序池州太守张芝亭诗："《三百篇》专主性情。性情有厚薄之分，则诗亦有深浅之别。性情薄者，词深而转浅；性情厚者，词浅而转深。"④此说与袁枚意合。袁说："诗者，人之性情也。"⑤人各有性情，杜甫不喜陶潜诗，欧阳修不喜杜甫诗。"陶诗甘，杜诗苦；欧诗多因，杜诗多创：此其所以不合也。"⑥

---

① 袁枚：《随园诗话》上，北京燕山出版社 2007 年版，第 69—70 页。
② 袁枚：《随园诗话》下，北京燕山出版社 2007 年版，第 391 页。
③ 袁枚：《随园诗话》下，北京燕山出版社 2007 年版，第 425 页。
④ 袁枚：《随园诗话》下，北京燕山出版社 2007 年版，第 439 页。
⑤ 袁枚：《随园诗话》下，北京燕山出版社 2007 年版，第 483 页。
⑥ 袁枚：《随园诗话》下，北京燕山出版社 2007 年版，第 486 页。

孔子论诗："兴观群怨"，"温柔敦厚"，"思无邪"。孟子说诗："不以文害辞，不以辞害志，以意逆志，是为得之。"①"言近而旨远。"袁枚："盖诗境甚宽，诗情甚活，总在乎好学深思，心知其意，以不失孔、孟论诗之旨而已。"②

11. 叶燮《原诗》认为，胸襟是诗之基③。胸襟固然重要，但胸襟何以形成？胸襟有赖于天资与经历（包括学识），天资与经历才是诗之基。叶燮讲究理、事、情，认为诗文无定法。可谓见道。又讲究才、识、胆、力，亦有可取。他"愿学诗者，必从先型以察其源流，识其升降。读《三百篇》……继之而读汉魏之诗……又继之而读六朝之诗……又继之而读唐人之诗……又继之而读宋之诗、元之诗……"④，表明他的视野，可以为鉴。其胸怀大概亦极高。

12. 唐代不重李杜诗。唐代人编"唐人诗选"，多不重视李白杜甫。唐末诗人韦庄编《又玄集》，是至今所知唐代唯一选录杜甫诗的诗集。其中选诗 299 首，作者 146 人，杜诗 7 首，占数最多。韦庄喜爱"情感淡远冲和、意境清新自然"之作，所

---

① （宋）朱熹撰：《四书章句集注》，中华书局 1983 年版，第 306 页。又："文，字也。辞，语也。逆，迎也。……言说诗之法，不可以一字而害一句之义，不可以一句而害设辞之志，当以己意迎取作者之志，乃可得之。"以意逆志，设身处地以理解作者。

② 袁枚：《随园诗话》下，北京燕山出版社 2007 年版，第 517 页。

③ （清）叶燮：《原诗·一瓢诗话·说诗晬语》，人民文学出版社 1979 年版，第 17 页。

④ （清）叶燮：《原诗·一瓢诗话·说诗晬语》，人民文学出版社 1979 年版，第 35 页。

选杜诗有《西郊》《禹庙》《山寺》等，"三吏三别"不在其中。北宋时，因王安石、苏轼、黄庭坚等推动，杜诗才受到充分重视。北宋编有《杜诗全集》和千家注①。

13. 采诗者，未必专官。作诗话者，往往注意采诗入话。袁枚"每下苏、杭，必采诗归，以壮行色，性之所耽，老而愈笃"②。《随园诗话》及梁启超《饮冰室诗话》等，采录他人诗较多。

14. 梁启超《饮冰室诗话》，诗多话少。其中黄遵宪、康有为的诗尤多。不少人知道他作《诗话》，便把自己的诗或亲友的诗寄给他。他很少加以评说，即录入《诗话》。也许他当时无暇评说，暂且录之以待后评。《饮冰室诗话》有重要史料价值。

15. 《风景旧曾谙》，是叶嘉莹最为深入浅出的一本诗词通论。

16. 杨镰等编《僧诗三百首》，在其《中国历代僧诗总集》基础上选编，侧面反映中国诗词发展、佛教发展、社会发展。

17. 江山代有才人出。明代前后七子，李梦阳、李攀龙等，

---

① 王伟：《韦庄好杜诗》，《光明日报》2017 年 8 月 14 日，第 13 版。
② 袁枚：《随园诗话》下，北京燕山出版社 2007 年版，第 535 页。

针对当时文坛萎弱，提倡"文必秦汉、诗必盛唐"，有重要意义。泥古之象出现后，公安袁氏三兄弟，反对泥古，提倡"性灵"，亦有重要意义。皆有针对性，合理性，进步性。

18. 王闿运对诗文颇有研究，编《八代诗选》和《唐诗选》。他说："文难成而易雅，诗易作而难工。故文无定法，而诗有家数。"实际上，诗亦无定法，文也有家数（唐宋八大家、桐城文派）。诗文，一人有一人的写法，一代有一代的写法，一个民族有一个民族的写法，一国有一国的写法。写得好，都不容易。

19. 百年新诗中有一些好诗，但也有许多不尽如人意，尤其近年来一些"新诗"，让人不知所云。因此，有读者写《新诗中的尴尬》："像是一块无垠的处女地，垦荒百年只是刚刚开始。""不见了诗意诗韵的美，只有赘词冗句砌成了行；奔腾激情优美形象绝了迹，只有不知所云的自我流放；难觅字里行间的铮铮铁骨，只有瘫软如泥的跪拜模仿。"①

20. 盛唐诗人殷璠编辑的《河岳英灵集》，明末周敬周珽父子的《删补唐诗选脉会通评林》，值得看看。网络上有一部分。

---

① 益思：《新诗中的尴尬——读某些新诗有感》，《中华魂》2017 年第 6 期，第 68 页。

21. 叶嘉莹90多岁时，有人要她讲讲自己的诗词。她说："佛曰'不可说'。"但她还是不得已说了几点[1]。诗人对自己的诗，最懂，最明白。但是，一经公之于世，读者便有自己的理解。

22. 第四次工业革命，会产生新诗。已有机器人写诗。新智能，使诗增加新生命。机器人写的诗，本质上是一种游戏。但可以假道真，像舞台戏剧一样，能给读者享受。

23. 绝句是诗中之诗。其形式精致，极为简约；内容不限，亦可涵盖天地。历来大众传诵之诗，以绝句为主，表明绝句之生命力。

24. 王国维词话，虽主"境界"，亦讲"性情""气象"。

25. 王国维说："诗之'三百篇'、'十九首'，词之五代、北宋，皆无题也。非无题也，诗词中之意，不能以题尽之也。""诗有题而诗亡，词有题则词亡。"[2]古人直抒胸臆，未便写题，此乃事实。但谓"诗有题而诗亡，词有题则词亡"，则过矣。诗词发展至今，以有题为宜，虽"不能以题尽之"，但有题既便于阅读记忆，也可更含言外之意。

---

① 叶嘉莹：《镜中人影》，《人民日报》2018年6月12日，第24版。
② 王国维著、谭汝为校注：《人间词话》，群言出版社1995年版，第48页。

26. 诗性言说，言浅意深为高，言近旨远为上，言简意多为厚。

27. 每人都有诗性。诗性是一种良知，一种活力，一种光明。它追求进步，追求真善美，崇高而怀有理想和希望。

28. 多样化的诗性：精神诗性，行为诗性，文章诗性……

29. 精神诗性。有人认为，鲁迅文学遗产的精髓是"精神诗性"。鲁迅达到几乎无人可及的近乎宗教的精神层面，成为精神界战士式的诗人，和诗人型的精神界战士。鲁迅的精神诗性，主要来源于对释迦牟尼佛教的感悟。中国现当代文学史上，能够接近精神诗性的作家几近于无①。既有精神诗性，是否有物质诗性？

30. 诗性精神。有人认为，守正出新是"中华文化的诗性精神"。"中华文化的诗性精神，是一个涵涉诸多阐释学课题的宏大命题，需要深刻而精到的论述作支撑。"并将中华文化的"诗性精神"，"高度凝练为《礼记·经解》中的一句话'温柔敦厚而不愚'"，进而讲求"性情之真"②。须知"诗性精神"与

---

① 参见张梦阳：《鲁迅文学遗产的"精神诗性"与当代中国文学的精神欠缺》，《济南大学学报》2017年第1期，转引自《红旗文摘》2017年第7期，第158—159页。
② 韩经太：《守正出新：中华文化的诗性精神》，《中国社会科学报》2017年4月24日，第5版。

"精神诗性"之异同。应结合具体文境理解。精神诗性,可指精神的崇高、圣洁、人类关怀、物我齐观、灵动、致远。

31. "中国化"与"中国性"。有人在讲"'意象'与'形象'思维的庄禅深趣"时指出:"一切外来物的'中国化',无不基于先前固有的'中国性'。"[①] 实际上,古今中外是相通的。

32. 叶嘉莹认为,中国古典诗词的精髓要义,在于"兴发感动",在于给读者以启发、联想和感动。[②]

33. 李清照将词和诗分离,认为词"别是一家"[③]。

34. 诗风。古之诗风,终于晚清。民国以来,古之诗风不再。尤其是,以诗选人,以诗交往,很少再像以前那样。诗教、诗词创作、采诗、收编诗集等,亦不再如以前那样。社会上对诗的态度,及诗之流行,也大不一样。清朝尚有采诗者[④]。

35. 诗教·作诗·编诗。沈德潜说:"诗教之尊,可以和

---

① 韩经太:《守正出新:中华文化的诗性精神》,《中国社会科学报》2017年4月24日,第5版。
② 参见任冠虹:《弘扬诗教传统传承诗词吟诵》,《中国社会科学报》2019年9月16日,第2版。
③ 刘永刚:《李清照:笑傲文场的叛逆女性》,《中国社会科学报》2015年7月17日,第8版。
④ 袁枚:《随园诗话》下,北京燕山出版社2007年版,第529页。

性情，厚人伦，匡政治，感神明，以及作诗之先审宗旨，继论
体裁，继论音节，继论神韵，而一归于中正和平。"[1] "人之作
诗，将求诗教之本原也"，"分别去取，使后人心目有所准则而
不惑者，唯编诗者责矣。……诗教之衰，未必不自编诗者遗之
也"。[2] "读诗者心平气和，涵泳浸渍，则意味自出；不宜自立意
见，勉强求合也。况古人之言，包含无尽，后人读之，随其性情
浅深高下，各有会心。"[3] 编诗也是一种创作，编诗者可不慎欤？

36. 沈德潜编《古诗源》，自谓："既以编诗，亦以论世，
使览者穷本知变，以渐窥风雅之遗意。"[4] 高人之见，其旨深远，
诚可为鉴。

37. 编诗既经历诗意，亦可以观世。

38. 诗词是高度个性化的作品。历朝历代诗词选，多以作
者先后排序。唐诗选，宋诗选，宋词选，明诗选，清诗选，金
元明清词选，等等，皆然。《诗》分风雅颂，盖因时代久远，不
知作者姓名，或为教化而编排内容。

---

① （清）沈德潜：《唐诗别裁集·重订唐诗别裁集序》，岳麓书社1998年版，
第3页。
② （清）沈德潜：《唐诗别裁集·原序》，岳麓书社1998年版，第1页。
③ （清）沈德潜：《唐诗别裁集·凡例》，岳麓书社1998年版，第4页。
④ 《古诗源·序》，中华书局1963年版，2000年第11次印刷，第2页。

39. 谢冕（1932—）主编的《中国新诗总论》，6卷，近400万字，以及其专著《中国新诗史略》，均已出版。

40. 杨天石《柳亚子与胡适 —— 关于中国诗歌变革方向的辩论及其它》，认为"关于中国诗歌的变革问题，柳亚子和胡适之间有过辩论。尽管柳亚子对胡适的诗作和为人都并不佩服，但是，在理论上，他还是很快就成了胡适的赞同者"[1]。

41. 栾贵明主编的《乐经集》，新世界出版社线装出版。失传2000多年的《乐经》，经现代科技扫描，将散见于其他书籍的片段，集中整理成《乐经集》，还有待于研究。

42. 刘学锴（1933.8—），撰《唐诗选注评鉴》，对李商隐、温庭筠特有研究，被称为"唐诗的知音"[2]。

43. 钱仲联（1908—2003），江苏常熟人，承传家学，笺注之学与贡献，尤为明显。其祖父钱振伦与曾国藩同年进士，曾任国子监司业，撰《鲍参军集注》《樊南文集补编》《示朴斋随笔》等。祖母翁端恩是翁心存之女、翁同龢姐姐，工于诗词。父亲曾留学日本，母亲亦喜欢诗词。钱仲联编撰的《鲍参军集补注》、《人境庐诗草笺注》（黄遵宪诗草）、《剑南诗稿校注》

---

① 《胡适学术讨论会述评》，《安徽史学》1992年第1期。
② 常河：《刘学锴：唐诗的知音》，《光明日报》2019年8月22日。

（陆游诗稿）、《沈曾植集校注》、《清诗纪事》（11 卷 1000 多万字）、《钱牧斋全集》（钱谦益诗文集），均已出版。苏南地区，自古以来，较为富庶，人文荟萃。唐代韦应物作苏州刺史时写道："吴中盛文史，群彦今洋洋。"①

44. 至少两千多年以来，因中外人员交往，即有中外文化交流。鸦片战争以来，交往交流增多。西方文化大量传入中国，中国文化也传入西方。相互影响，相互激荡。其中诗词的作用，亦闪闪发光。

45. 诗话，也是诗学。诗学，可否建立模型？可否进行数理分析？人工智能、机器人写诗，已经建立模型并进行数理分析，历史学、哲学呢？

46. 诗学，是关于诗词的学问，包括诗词的创作、阅读理解及传承问题。

47. 诗学，既是文学，更是人学、哲学。

48. 诗学多样化：文化诗学，政治诗学，历史诗学，……

---

① 韦应物：《郡中与诸文士燕集》，见（宋）蔡正孙：《诗林广记》，中华书局 1982 年版，第 68 页。

49."接受史是一个'思想史事件',在众声喧哗的'思想史事件'背后,必然包含丰富的人生意义、审美意义和诗学意义。""诗歌接受史与诗学的关系最为密切。"[①] 从"接受史"的角度,认识诗与诗学、诗与思想和历史,既有历史意义,也有现实意义。

50.认知诗学。随着认知科学的发展,20世纪70年代初,以色列特拉维夫大学一名教授提出"认知诗学"。前不久,中国又有人提出"认知口头诗学"。认知科学有许多分支,如认知语言学、认知史学。

51.化性诗学。传统诗学主要是大家熟知的"言志"而又"温柔敦厚"的诗学。随着时代和诗学发展,不断出现新诗学观点。栾栋《文学通化论》(商务印书馆,2017年)以文学通化视野,提出化性诗学、归藏诗学。"文学通化,意味着文学浑然而来,杂然而在,超然而化。《文学通论》把这个运动的大旨称为'化性'。'化性'包含人们常说的化境,但更讲究化境的通化,因为化境之境也有僵化之虞。"通化论在化性思维深处有超越真善美的磅礴大气,"'文学归藏'阐发了一种诗化哲学,黄帝易之大藏,就是大善超乎善的根本之善。'归藏诗学'不再是数千年来'言志'的'诗亡隐志',不再是'理念美'的'感性

---

① 陈文忠:《深化接受史研究的三个问题》,《光明日报》2017年3月13日,第13版。

显现',也不再是'诗意栖居在大地上'享乐安闲,而是向着大地入超善之藏,向着宇宙归无尽之缘。"归化、归潜、归藏。同时又"他动他适他化","化他而来,兼他而在,他化而去"。"他化"亦"化他"①。

52. 诗源于性情,因于境遇,成于文学,三者缺一不可。又因审美而成,亦有审丑而成,如杜甫"朱门酒肉臭,路有冻死骨"。

53. 诗学说不尽。一时代有一时代的诗学,一地域有一地域的诗学,一人有一人的诗学……

54. 你应有自己的诗哲学。诗是人类生活的产物,并随人类生活发展变化。由于民族、区域、语言文字不同,政治、经济、社会、文化程度不同,发展变化亦不同。时代不同,诗亦不同。表达方式是发展变化不同的体现。

55. 每人经历的诗意,都不可能完全记下来,你亦如此。一切都会成为历史的陈迹。

56. 诗词是说不尽的,永远说不尽。历代都有诗话,有共识,也有异见;有相承的,也有独创的。真正新诗词,都有新意;真正新作者,都有新见。今后,还会层出不穷。

① 徐真华:《〈文学通化论〉的化性品质》,《中国社会科学报》2018年4月3日,第7版。

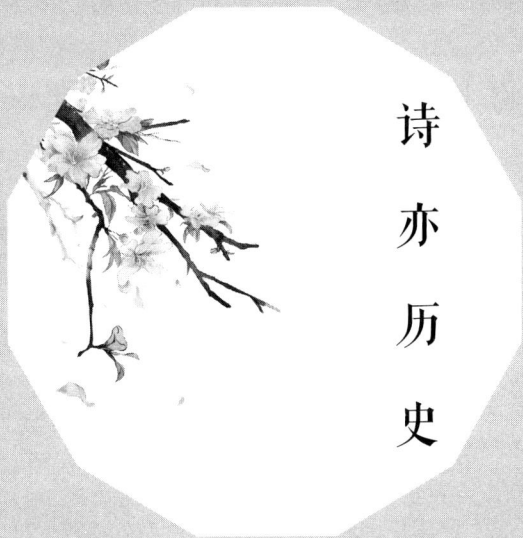

诗亦历史

经历

诗意

nine

　　1. 诗可作为历史看，更是一种史料。读《诗经》可知孔子以前的部分历史，读孔子以后的诗，可知孔子以后的部分历史。白居易说，"文章合为时而著，诗歌合为事而作"，并且终身践行之。李白、杜甫的诗，大都记述其人生经历及思想感情。屈原的《离骚》，亦重在抒发其人生经历和思想情感。历来诗人，谁不其然？陈寅恪以诗证史。毛泽东诗词，"作为史料是可以的"①。这都说明，诗可作为历史看，更是一种史料。古人说"六经皆史"，已经认识到诗可作为历史看，当然更是史料了。

---

① 中央文献研究室编：《毛泽东诗词集》，中央文献出版社 1996 年版，第 248 页。

2. 读诗亦是读史。诗中有历史。诗本质上也是历史，既是物质文明的历史，更是精神文明的历史，也是文化及社会文明的历史。

3. 陆游《喜谭德称归》，值得玩味："少鄙章句学，所慕在经世；诸公荐文章，颇恨非素志。一朝落江湖，烂熳得自恣。讨论极王霸，事业窥莘渭。孔明景略间，却立颇眦睚。从人无一欣，对食有三喟。谭侯信豪隽，可共不朽事。天涯再相见，握手更抆泪。欲寻西郊路，斗酒倾意气。浩歌君和我，勿作寻常醉。"[①] 可作个人简传看，有志向，有经历。视谭君为知己，亦是趣事。诗中两韵，亦当注意。

4. 蒋智由（观云）[②]《挽黄公度京卿》："公才不世出，潦倒以诗名。往往作奇语，孤海斩长鲸。寂寥风骚国，陡令时人惊。公志岂在此，未足尽神明。屈原思张楚，不幸以《骚》鸣。使公宰一国，小鲜真可烹。才大世不用，此意谁能平！而公独萧散，心与泉石清。惟于歌啸间，志未忘苍生。……"梁启超谓："'才大世不用'以下六语，真能写出先生之人格，可当一小传矣。观云复有一挽联云：'如此乾坤，待卧龙而不起。正当

---

① 游国恩、李易选注：《陆游诗选》，人民文学出版社1982年版，第44—45页。烂熳，似为"烂漫"。
② 蒋智由（1865—1929），中国近代诗人，字观云、星侪、心斋，号因明子，浙江诸暨紫东乡浒山村人。早年留学日本，参加过光复会等革命团体。辛亥革命后，拥护共和。后来，思想逐渐保守。他与黄遵宪、夏曾佑，被梁启超称为"近代诗界三杰"，有《居东集》《蒋观云先生遗诗》。

风雨，失鸣鸡其奈何！'虽寥寥数语，而所以讴思伟大人物者尽之矣。"①观云此诗，佳作中之佳作也！其深刻理解黄遵宪及屈原之为人为诗骚者也！观其内心沉痛之至，亦可见其为人为诗之品格也！其诗当反复读之，不仅见诗见人，亦可观世。

5. 康有为悼翁同龢诗自序："戊戌为中国维新第一大变，翁公为中国维新第一导师，关系至重。恐人间不详，故详咏之。此虽诗也，以为翁公之传，以为新旧政变之史，皆可也。"诗云："中国维新业，谁为第一人？王明资旧学，法变出元臣。密勿谋帷幄，艰难救国民。峨峨常熟相，凿空辟乾坤。……"②详读其诗，真可谓翁公之传、戊戌变法之史也。

6. 历史科学。马恩《德意志意识形态》说："我们仅仅知道一门唯一的科学，即历史科学。"因为"我们所需要研究的是人类史"，而"任何人类历史的第一个前天无疑是有生命的个人的存在"③。毛泽东把《毛选》等所有著作，都视为历史记录。他多次同外宾讲，"《语录》和《选集》是写的一些中国的历史知识"，"我没有什么著作，只是些历史事实的记录"。他还说："我的这些东西，还有马克思、恩格斯、列宁的东西，在一千年

---

① 梁启超著：《饮冰室诗话》，时代文艺出版社 1998 年版，第 121 页。
② 详见梁启超著：《饮冰室诗话》，时代文艺出版社 1998 年版，第 123—125 页。
③ 白建春：《属于美学和历史的文艺批评》，《红旗文摘》2017 年第 6 期，第 139 页。

以后看来可能是可笑的了。"① 应该说，毛泽东很有历史眼光和历史情怀。

7. 诗具人类本性。德国哲学家卡西尔说："艺术和历史学是我们探索人类本性的最有力的工具。"在伟大的历史和艺术作品中，能够看见真实的、有个性的人的面貌。为此，"我们必须求助于伟大的历史学家或伟大的诗人"②。这是据过去而言的。现在，生物学、物理学、化学、生命科学、计算科学、宇宙学、医学等，都已成为探索人类本性的有力工具。

8. 史诗，是记载历史的诗。几千年来，中外都有史诗。中国《诗经》中有，此后历代皆有。藏族《格萨尔》，蒙古族《江格尔》，柯尔克孜族《玛纳斯》等，都是长篇史诗，并且主要以口头传诵为主。希腊荷马史诗是另一种典型。印度有《摩柯婆罗多》《罗摩衍那》等。仁钦道尔吉和郎樱著《中国史诗》，系统研究了中国史诗。

9. 清代屈复《王母庙》："秦地山河留落日，汉家宫阙见孤灯。如今应是蟠桃熟，寂寞何人荐茂陵。"③ 此诗有历史沧桑感。袁枚说他是狂叟，沈德潜《清诗别裁集》仅收录他这一首。

---

① 陈晋：《文章千古事》，《红旗文摘》2017年第6期，第144页。
② 白建春：《属于美学和历史的文艺批评》，《红旗文摘》2017年第6期，第139页。
③ 袁枚：《随园诗话》上，北京燕山出版社2007年版，第90页。

10. 陈寅恪认为："中国诗虽短，却包括时间、人事、地理……既有此三特点，故与历史发生关系。"① 当然，诗里还有人的思想感情等。

11. 孔子说："殷因于夏礼，所损益，可知也；周因于殷礼，所损益，可知也。其或继周者，虽百世，可知也。"② 其史识与表达方式，深刻而富有诗意。又说："周鉴于二代，郁郁乎文哉！吾从周。"③ 立场在于文明，目标基于认识。

12. 袁枚咏史诗："其上感太伸，其下气尽挫。君看汉武朝，贤臣有几个？"文廷式认为"语颇有识，不愧风人之旨"。钱仲联认为此乃影射乾隆皇帝④。

13. 袁枚《马嵬》诗："莫唱当年长恨歌，人间亦自有银河。石壕村里夫妻别，泪比长生殿上多。"⑤ 贵有百姓情怀。

14. 霍松林重点研究唐宋诗词，并用历史联系的方法研究。其《"断代"的研究内容与非"断代"的研究方法》，强调"断代"的研究内容，不能用"断代"的研究方法研究。其《论白

---

① 黄亚琪：《走近颜真卿》，《光明日报》2019 年 11 月 30 日，第 9 版。
② 杨伯峻：《论语集注》，中华书局 1980 年版，第 21—22 页。
③ 杨伯峻：《论语集注》，中华书局 1980 年版，第 28 页。
④ 王英志选注：《袁枚诗选·前言》，人民文学出版社 2009 年版，第 5—6 页。
⑤ 王英志选注：《袁枚诗选》，人民文学出版社 2009 年版，第 66 页。

居易的田园诗》，即溯源自《诗经·七月》，中经陶潜、王维等发展，形成"田家乐""田家苦"两条路径，认为白居易是"田家苦"路径上的一位代表。这种研究方法，是值得借鉴的，并且表明诗亦历史。还有"藏问于答"的分析方法，细致缜密，非常严谨。这与他曾遭批判、抄家、游街、挨斗、扫马路、扫厕所，"蹲牛棚、劳改"10余年等经历有关。霍松林视野开阔，有豪气，有高标。如其诗句："浩气由来塞天地，高标那许混风尘。"1982年3月在陕西师范大学，他主持召开首届唐诗讨论会时致开幕词称："这次全国性的唐诗讨论会，新中国成立以来是第一次，唐代以来也是第一次。"[①] 有历史眼光，把唐诗和唐诗研究，都放到历史中了。

15. 要以历史眼光，认识诗文的发展。既要对诗文进行文学性阅读欣赏，也要对诗文进行历史及精神现象的理解。文学性阅读欣赏不难，历史及精神现象理解不易。

16. "社会发展主要靠科技进步、生产力和人文发展、自然力！政治领袖只能顺应历史潮流推波助澜，顺者昌，逆者亡！任何人也不能够阻挡历史的车轮滚滚向前……"[②] 这话有见地、有道理、有诗意。

---

① 张新科：《霍松林："唐音"永存》，《光明日报·光明学人》2017年2月22日，第16版。
② 吴兆南微信中说的一段话。

17. 有人说："按照后现代史学和人类学的观点，'历史是小说，小说才是真历史'。此论不虚，我们在诗歌的咏叹调中，如此真切地触摸到了特定时期的习俗与社会情境，特定人物的心理脉动，甚至是平素不易察觉的心灵秘史。"[1]

18. 钱钟书在评论郭绍虞的《中国文学批评史》中的进化观点时表示，"'复古'未必就是'逆流'或'退化'，现代英国文学中的古典主义也是一种革命。他说，有'历史观念'的人当然能知文学的进化，但是，因为他有'历史观念'，他也爱恋着过去，能了解'过去的现在性'，他知道过去并不跟随撕完的日历簿而一同消逝"[2]。钱钟书的见解是深刻的。显然，他是有历史观念的人，不仅是卓越的文学家，也可说是一位历史学家。

19. 马叙伦挽杨度："功罪且无论，自有文章惊海内；霸王成往迹，我倾河海哭先生。"杨度（1875—1932），字皙子，湖南湘潭人。戊戌变法期间，接受康有为、梁启超思想。1906年主编《中国新报》，主张君主立宪。撰写《中国宪政大纲应吸收东西各国之所长》《实施宪政程序》，与梁启超写的《东西各国宪政之比较》一起上奏。1910年指出中国必须在法律上消除家族的各种特权。他始终反对共和革命，1915年积极参与袁世凯复辟帝制活动。后来与李大钊接触较多。据夏衍回忆，李大钊

① 张志春：《诗歌中的心灵秘史》，《光明日报》2018年2月25日，第12版。
② 白乐：《纪念艾略特逝世50周年：他的诗风依旧影响当代诗坛》，《中国社会科学报》2015年7月20日，第3版。

牺牲后，1929 年秋，经潘汉年介绍，他申请加入中国共产党，经周恩来批准，成为秘密党员。周恩来、潘汉年相继离开上海后，由夏衍和他单线联系。这个秘密，直到 1976 年周恩来去世前几个月，才告诉王冶秋。然后，夏衍才写文章在《人民日报》上发表。[①] 马叙伦（1885—1970），浙江杭县出生，历任中央人民政府教育部部长、高等教育部部长，中国民主促进会第一任主席等。哲学家、政治家、书法家、诗人。

20. 一切都有历史。诗歌与诗学也是。读诗、学诗、研究诗，要设身处地体会作者的经历、作者的思想与心境，感悟当时的实际；要看到那也是历史。

21. 李锦全以诗词论证历史，以诗词探讨思想。如以苏轼诗词为素材，探讨其哲学思想，写成论文《兼综儒道佛　契合理情神》。他"治学不为媚时语，独寻真知启后人"[②]。涉及理欲观、义利观，分析理论的内在紧张性。著有《人文精神的承传与重建》《海瑞评传》《陶潜评传》《思空斋诗草》等。

22. 以诗存史。袁枚主张以诗抒发性灵，认为诗不须注，须注即非好诗。但有人以诗存史，非加注不行。元代诗人宋无

---

① 参见沈芸:《夏衍书信中的一些人和事》,《文汇报》2016 年 8 月 9 日, 第 12 版。

② 郭齐勇:《学兼四部贯通古今》,《光明日报》2019 年 2 月 2 日, 第 11 版。

《媕呓^① 集》即是一例。诗为言志抒情，注为叙事。先诗后注，诗注结合，以达言志抒情纪事存史之目的。诗便记忆，注资详考。

23. 王安石《金陵怀古》："登临送目，正故国晚秋，天气初肃。千里澄江似练，翠峰如簇。征帆去棹残阳里，背西风，酒旗斜矗。彩舟云淡，星河鹭起，画图难足。 念往昔，繁华竞逐。叹门外楼头，悲恨相续。千古凭高对此，漫嗟荣辱。六朝旧事随流水，但寒烟、衰草凝绿。至今商女，时时犹唱，后庭遗曲。"有旷世胸怀，庄严沉静，悲天悯人，怜往惜今。不亦历史？

24. 王安石《读史》："自古功名亦苦辛，行藏终欲付何人。当时黮闇^② 犹承误，末俗纷纭更乱真。糟粕所传非粹美，丹青难写是精神。区区岂尽高贤意，独守千秋纸上尘。"王安石还有《读汉书》《读后汉书》《读唐书》等诸多读史之诗。读史读成诗，是何境界，是何经历！读史之诗，不仅是诗，也是历史事实。

25. 毛泽东《贺新郎·读史》："人猿相揖别。只几个石头磨过，小儿时节。铜铁炉中翻火焰，为问何时猜得，不过几千

---

① 媕呓：ān yì，说梦话。
② 黮闇：dàn àn，昏暗。

寒热……一篇读罢头飞雪，但记得斑斑点点，几行陈迹……盗跖庄蹻流誉后，更陈王奋起挥黄钺。歌未竟，东方白。"① 境界何其广阔！上下万千年，沧桑巨变，悲喜人间。其中蕴含一种历史观。《毛泽东诗词集》67 首诗词，如《西江月·井冈山》《清平乐·蒋桂战争》《蝶恋花·从汀州向长沙》《七律·长征》《七律·人民解放军占领南京》，等等，形象生动地再现了多姿多彩的历史。

---

① 中共中央文献研究室编：《毛泽东诗词集》，中央文献出版社 1996 年版，第 145—146 页。

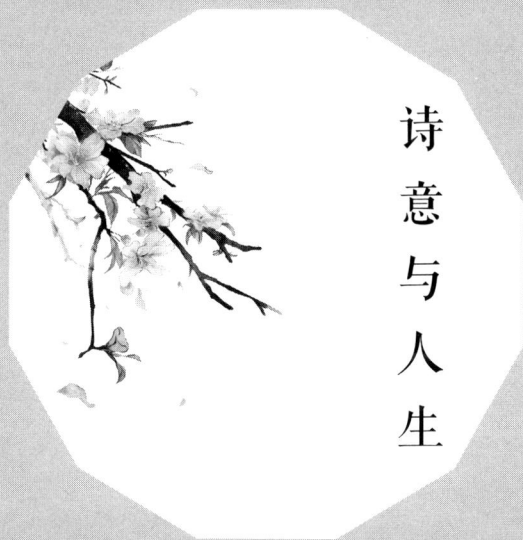

诗意与人生

1. 沈瑜庆说："人之有诗,犹国之有史。国虽板荡,不可无史;人虽流离,不可无诗。"[①] 王国维说："诗歌者,描写人生者也。诗之为道,即将以描写人生为事,而人生者,非孤立生活,而在家族、国家及社会生活中之生活也。"(王国维《屈子文学之精神》)

2. "书生报国成何计,难忘诗骚李杜魂。"这是叶嘉莹1979年第一次回国讲学时写的诗句,实让读者感奋。她说喜欢中华古典诗词是她的天性,她一生一世没有任何成名成家的念

---

① 沈瑜庆(1858—1918)是同光体闽派诗人之一,福建侯官人。其《题崦楼遗稿》如是说。

头。"一个人生到世界上，在社会中就应该为人类作出一些贡献。""从读诗词之中，我跟古人的理想、感情、心性有一种接触和共鸣。"[①] 这亦让人含味。古人的理想、感情、心性，确实可以从古诗词中读得，也确实不必有成名成家的念头，但一定要为世界为人类作些贡献。

3.有人说："总有一条路，通往人的内心。""人生中总是会有一种共鸣，发生在心和心之间。"[②] 的确如此！我们可以相信：人有良知，总会追求真善美，追求真理和公平正义！

4.宋代韩琦心胸宽阔，德量过人，广受尊重。可惜现代人知之甚少。其诗之一云："他人侵我且从伊，仔细思量未有时。试上含元殿基看，秋风秋草正离离。"他署理首都地区行政长官时，侄孙来信说，田产多被临近者侵占，想报官府处理。韩琦阅后在信尾写了上述诗[③]。清代张英诗："千里修书只为墙，让他三尺又何妨。长城万里今犹在，不见当年秦始皇。"与韩琦境界仿佛，桐城六尺巷，因此而立。

5.张廷玉慎独拒贿诗句："帘前月色明如昼，莫作人间暮

---

① 《学者叶嘉莹定居南开园》，《光明日报》2015年10月19日，第4版。
② 鲁焰：《总有一条路，通往人的内心》，《光明日报》2018年6月8日，第14版。
③ 张廷玉：《澄怀园语》，见《父子宰相家训》，安徽大学出版社2015年第3版，第160页。

夜看。"① 身为朝廷重臣，如此拒贿，非常少见。此乃廷玉修己慎独，光明正大之言。

6. 张廷玉评杜甫、白居易诗："杜少陵诗，一团温厚沉着之气，冬月读之令人暖。白香山诗，一派潇洒爽逸之气，夏月读之令人凉。"②

7. 陆游《养生》诗句："倩盼作妖狐未惨，肥甘藏毒鸩犹轻。"张英称陆游深知养生者也。张廷玉谓此二语，"可作富贵人座右箴"③。

8. 诗教"温柔敦厚"，是以人为本。

9. 诗与诗人。世谓诗人少达而多穷，欧阳修不以为然。他说："盖世所传诗者，多出于古穷人之辞也。凡士之蕴其所有而不得施于世者，多喜自放于山巅水涯，外见虫鱼草木风云鸟兽之状类，往往探其奇怪；内有忧思感愤之郁积，其兴于怨刺，以道羁臣寡妇之所叹，而写人情之难言，盖愈穷则愈工。然则非诗之能穷人，殆穷者而后工也。"并且认为梅尧臣就是不得志

① 张廷玉：《澄怀园语》，见《父子宰相家训》，安徽大学出版社 2015 年第 3 版，第 158 页。
② 张廷玉：《澄怀园语》，见《父子宰相家训》，安徽大学出版社 2015 年第 3 版，第 165 页。
③ 张廷玉：《澄怀园语》，见《父子宰相家训》，安徽大学出版社 2015 年第 3 版，第 172 页。

而乐于诗发之的诗人①。欧阳修见识多而感悟深，亦是诗文卓有成就者，此乃见道之语。李白、杜甫及屈原，等等，不也是人穷而后诗词更工吗？然而，亦应辩证地看，诗与诗人，是相互影响或造就而又合而为一的。

10. 袁枚说："诗人者，不失其赤子之心者也。"②"各有身份，亦各有心胸。"③

11. 谁与谈诗？志同道合者，自可谈诗。知道者可与谈诗。德行高洁者，可与谈诗。真正爱好诗歌者，可与谈诗。

12. 鄂西林诗。沈德潜因诗受知于鄂西林（鄂尔泰 1677—1745），又因此受知于朝。鄂西林"出将入相，垂二十年，经略七省，诸郎君两督两抚，故吏门生，亦多显贵，而平生诗集，终传于一落拓书生。檀默斋诗云：'不有三千门下客，至今谁识信陵君？'"鄂西林去世后，门生杨潮观刻其诗五百余首。其《别贵州》云："身名到底都是土，留与闲人袖手看。"④张廷玉和鄂西林在朝共事多年，同为雍正、乾隆信任的左右手。张掌翰林院期间，袁枚一度在翰林院。张廷玉 70 岁寿宴，袁枚参与祝

---

① 《梅圣俞诗集序》，参见杜维沫、陈新选注：《欧阳修文选》，人民文学出版社 1982 年版，第 259 页。
② 袁枚：《随园诗话》上，北京燕山出版社 2007 年版，第 56 页。
③ 袁枚：《随园诗话》上，北京燕山出版社 2007 年版，第 75 页。
④ 袁枚：《随园诗话》上，北京燕山出版社 2007 年版，第 111 页。

寿。袁比张小 44 岁。鄂比张小 4 岁。

13. 数学家苏步青的一首诗:"草草杯盘共一欢,莫因柴米话辛酸。春风已绿门前草,且耐余寒放眼看。"意境高远。前两句,化于王安石诗,后两句亦有出处。表明苏步青爱读诗,并能融会于现实,新出己意。丰子恺读后非常喜欢,并将其写出来贴于自家墙上。

14. 马识途总结其长寿经验:"吃得,睡得,走得,写得,受得。"并解释说,最重要的是"受得","经历了磨难的人,什么都不在乎,活得长"。"文化大革命"时,他是"四川第一个走资派",被罚扫厕所。他把厕所打扫得干干净净,作诗说:"走资派,还在走,厕所所长我当就。十米斗室我称霸,权力象征大扫帚。还我人间清净地,扫把一挥除腐臭。小便向前屎入坑,告示贴在墙上头。尔等造反反上天,这条勒令严遵守。全国打倒走资派,唯独这里还在走。"贴在厕所墙上,作为"厕所所长公告","勒令"大家遵守。他还作打油诗说:"你说我走资,我说你走资,大家都走资,哪里有走资。"[1]真是黑色幽默!这样的心态助他长寿。这样的诗,深具自嘲与讽谏意义,并有鲜明的时代印记。

---

[1] 《马识途的长寿经验》,《老年文摘》2017 年 10 月 9 日,第 12 版。

15. 北宋黄庭坚："若有人知春去处，唤取归来同住。"① 多么耐人寻味！改革开放之初，我到安徽省博物馆看画展，其中有幅画（《枝上双春燕》），就题写这句诗，感觉特好！但愿青春虽去，精神永驻。

16. 陆游"心在天山，身老沧州！"②，苏轼"一蓑烟雨任平生"③，辛弃疾"把吴钩看了，栏杆拍遍，无人会、登临意！"④，皆有志而未能实现。虽未实现，而意志弥坚！李白、杜甫亦然！

17. 韩树英谈诗。2016 年 1 月 4 日，我和谢武军、廖小鸿、张傲卉、吴裕治一起，先后看望燕京诗社名誉社长、中央党校原副校长韩树英、陈维仁（两人都已经 90 多岁）。韩树英说："你们来看我，我非常高兴。'不如意事常八九，可与人言无二三。'这是我小时候看到的一副对联。现在我能对你们言的也不过二三了。"我问他这对联是谁写的，他说记不得了。（后来查阅，出自《晋书·羊祜传》，原话为："不如意事常八九，可与言者无二三。"祜：hù）说到他为诗刊题词"言千里志，抒晚

① 黄庭坚：《晚春》，见胡云翼选注：《唐宋词一百首》，上海古籍出版社 1978 年版，第 58 页。
② 陆游：《诉衷情》，见胡云翼选注：《唐宋词一百首》，上海古籍出版社 1978 年版，第 101—102 页。
③ 苏轼：《定风波》，见胡云翼选注：《唐宋词一百首》，上海古籍出版社 1978 年版，第 51 页。
④ 辛弃疾：《登建康赏心亭》，见胡云翼选注：《唐宋词一百首》，上海古籍出版社 1978 年版，第 104 页。

霞情"时，他又谈起顾炎武诗句："苍龙日暮还行雨，老树春深更著花。"说正准备出版自己的诗集，随即吟一首改革开放初期写的诗，并说"写诗不要太直白了"，"我这个人注重一个'情'字，同志情、革命情"。

18. "砚以静而寿，诗乃心之声"；"宽心应是酒，遣兴莫过诗"。从一个方面说明诗的本质和对诗的爱好，亦表明诗意与人生。

19. 人生犹如经历一场战斗或一次长征。杨绛晚年说自己要打扫战场。

20. 诗文精神，精益求精。杜甫"晚岁渐于诗律细"，"语不惊人死不休"。他赞赏"毫发无遗恨，波澜独老成"之诗。有注："曲尽物理，故无遗恨；才思浩瀚，故如波澜；兼词意壮健，故有言老成也。"[①] 贾岛："两句三年得，一吟双泪流。"孟郊："夜学晓不休，苦吟神鬼愁。"卢延让："吟安一个字，拈断数茎须。"[②] 这与艺术家、工匠、科学家等精益求精的精神相通。

21. 文同与苏轼。《石林诗话》："文同，字与可，蜀人，与

① （清）叶燮：《原诗·一瓢诗话·说诗晬语》，人民文学出版社1979年版，第163页。

② （清）叶燮：《原诗·一瓢诗话·说诗晬语》，人民文学出版社1979年版，第163—164页。

苏子瞻为中表，兄弟相厚。为人靖深，超然不撄世故，善画墨竹，作诗骚亦过人。熙宁初，时论既不一，士大夫好恶纷然。同在馆阁，未尝有所向背。时子瞻数上书论天下事，退而与宾客言，亦多以时事为讥诮。同极以为不然，每苦口力戒之，子瞻不能听也。出为杭州通判，同送行诗有'北客若来休问事，西湖虽好莫吟诗'之句；及黄州之谪，正坐杭州诗语，人以为知言。"① 薛雪认为："东坡才胜文与可，与可识过苏东坡。"② 苏轼，字子瞻，号东坡。

22. 诗文可以养生，也可以误生。赵元任常把《唐诗三百首》放在床头。李政道铭记杜甫："细推物理须行乐，莫把浮名绊此身。"读诗可以感受愉悦，感受教益。撰写诗文，也可让人受益。凡事具有多样性。诗文亦可以误生，前述东坡事可鉴。书画可以养生，亦可误生，黄永玉画猫头鹰可鉴。音乐可以养生，亦可误生，王洛宾作曲可鉴。凡事适宜，即可养生，否则便会误生。不过时势使然，时过境迁，又当别论。

23. 舒衡哲在谈到历史创伤时写道，"面对曾经的创伤，诗歌的帮助比较大""较于学术语言，诗歌这种浓缩的语言形式有

---

① （清）叶燮：《原诗·一瓢诗话·说诗晬语》，人民文学出版社1979年版，第173—174页。
② （清）叶燮：《原诗·一瓢诗话·说诗晬语》，人民文学出版社1979年版，第137页。

时能以一种含蓄的方式更好地叙述真实"①。确实如此。这和前面雷文学之说，基本一致。

24. 阿多诺之问与答。德国人西奥多·阿多诺② 曾提问："奥斯维辛之后，诗人何为？"他 1955 年出版的《棱镜》文集，中间有句话是"奥斯维辛之后，写诗是野蛮的"。这是他经过痛苦思考后简明扼要的回答。为什么？有人说"每次不经意间翻阅到这句话的时候总会感到灵魂的一种震颤，但是又无法言出这种震颤的产生究竟为何……我无法理解，奥斯维辛和写诗，究竟是怎样联系在一起的，而为何在奥斯维辛之后，写诗是一种野蛮"，并深入探讨这个问题。他看过刘小枫的《拯救与逍遥》，该书"绪论"谈到诗人的自杀，并区分诗人自杀与一般自杀不同："一般的自杀是对暧昧的世界感到绝望，诗人的自杀起因于对自己的信念，也就是对世界所持的态度的绝望。"当他看到这句话的时候，"头脑中闪现一种异样的光辉"，"似乎发现了一个新的思考方向，那就是关于诗人的死"。随着阅读的深入，他渐渐地明白了阿多诺为何说"奥斯维辛之后，写诗是野蛮的"。他认为："诗人，一个无法用言语来形容的词语，一个对生命和世界充满热情的集体。他们有着对此在无与伦比的信念，

---

① 《诗人历史学者舒衡哲：用诗话的言语书写历史》，《中国社会科学报》2013年 7 月 10 日，A04 版。

② 西奥多·阿多诺（1903—1969），犹太裔德国人，西方马克思主义法兰克福学派主要创始人，哲学家、社会学家，代表作《启蒙辩证法》《否定辩证法》《多棱镜：文化批判与社会》等。

坚守着自然的美好，爱情的可贵，善的执着。而写诗则是诗人的天职，用诗来歌颂爱情，称赞生命，述说执着，是诗人义无反顾的选择。""然而，奥斯维辛的发现却揭露了这个世界的残忍，人性的本恶。在奥斯维辛，善是被抛弃的，生命丧失了热情，爱是无法履行的，自然是毫无意义的。被奥斯维辛揭示的世界正是这样一个丑陋而残虐的世界，而这对于对生命和世界的善充满热情的诗人而言，无疑是一种毁灭性的打击：如果在奥斯维辛之后他们还写诗来称赞这个世界的美好，那将是一种对自身的不诚实、对世界的虚伪，无疑是自己将自己坚持的信念毁灭。这对于以文明自居，以善称道的人类来说，无异于摧毁了其居住的根基。所以，奥斯维辛之后，写诗是野蛮的。"他还联想到陀思妥耶夫斯基在《卡多佐兄弟》中说的话："因为人类存在的秘密并不在于仅仅单纯地活着，而在于为什么活着。当对自己为什么活着缺乏坚定的信念时，人是不愿意活着的，宁可自杀，也不愿意留在世上，尽管他的四周全是面包。"（此外，还有怎样活着的问题。）他继续写道："在奥斯维辛之后，诗人的信念遭到了最为严重的打击，诗人不得不对自己曾经执着的意义是否真是产生了真切的怀疑乃至否弃，从而使得写诗失去了原生的动力。对于诗人来说，丧失了写诗的天职，就意味着失去了其存在的意义，所以诗人宁可自杀，也不愿意活着。诗人自杀不是日常事件，而是信仰危机事件。最为敏感的诗人自杀预示着这个世界的精神信念危机。"①

---

① 《奥斯维辛之后，写诗是野蛮的》，网名：巫山霏云，武汉，豆瓣网页，2008 年 12 月 15 日。

25. "奥斯维辛之后,诗人何为?"和"奥斯威辛之后,写诗是野蛮的",在国内外引起许多人的反省、思考和讨论。这是值得注意的一种现象。人类不会因为奥斯维辛集中营的残虐与野蛮就不再生活了。人类还有前途,还要前进,还要写诗,还会写诗,还会生活得更好。

26. 司马迁《报任安书》:"文王拘而演《周易》;仲尼厄而作《春秋》;屈原放逐,乃赋《离骚》;左丘失明,厥有《国语》;孙子膑脚,《兵法》修列;不韦迁蜀,世传《吕览》;韩非囚秦,《说难》《孤愤》;《诗》三百篇,大抵贤圣发愤之所为也。此人皆意有所郁结,不得通其道,故述往事,思来者。……仆窃不逊,近自托于无能之辞,网罗天下放失旧闻,略考其行事,综其终始,稽其成败兴坏之纪。上计轩辕,下至于兹……亦欲以究天人之际,通古今之变,成一家之言。草创未就,会遭此祸,惜其不成,是以就极刑而无愠色。……然此可为智者道,难为俗人言也。"① 如此文辞,形式虽非诗体,内容却深含诗意,具有强烈的人文精神。司马迁及其所说各人与著作,皆属诗意创作。《史记》也是。

27. 蒋兆和(1904—1986),四川泸县人,16岁浪迹上海,30岁流寓北平,以绘画为生。代表作有《流民图》《卖子

---

① 吴孟复、蒋立甫主编:《古文辞类纂评注》(上),安徽教育出版社1995年版,第767页。

图》等，曾自言："知我者不多，爱我者尤少，识吾画者皆天下之穷人，唯我所同情者，乃道旁之饿殍。""嗟夫，处于荒灾混乱之际，穷乡僻壤之区，兼之家无余荫，幼失教养……惟性喜美术，时时涂抹，渐渐成技，于今数十年来，靠此糊口，东驰西奔，遍列江湖，见闻虽寡，而吃苦可当；茫茫的前途，走不尽的沙漠……"[1]三复斯言，人何以堪！尘世艰难，唯有能吃苦者，坚持向前！

28. 徐志摩《再别康桥》，不知感动多少人。2013年冯骥才应邀到英国剑桥大学演讲期间，特意到那里的康桥游览，就是因为受《再别康桥》影响。剑桥大学的中国留学生，还把这首诗的名句，刻在一块石头上安置于桥边。冯骥才看了，"忽然心动，好像有了灵感"，站在桥上就给山东工艺美术学院院长潘鲁生打电话，建议塑两尊同样的徐志摩铜像，"分别放在我们两所大学的校园里，一座纪念他之生，一座纪念他之死"。大约一年多后，徐志摩铜像就落座于天津大学（徐志摩1916年曾在这里的北洋大学学习法律，次年随法学系并入北京大学而去北大）。冯骥才喜欢诗人徐志摩，喜欢他追求语言的纯净与精致，喜欢他那种诗人的清灵、诗人的意象、诗人的气质、诗人的性灵。[2]塑徐铜像，也是诗意创作。

---

① 参见《蒋兆和：真善美是文艺的永恒价值》，《红旗文摘》2017年第11期，第140页。

② 参见冯骥才：《天大的塑像》，《中国社会科学报》2015年10月26日，第7版。

29. 辛弃疾祭奠朱熹："所不朽者，垂万世名；孰谓公死，凛凛犹生。"邓广铭生命最后时日，几次吟及这段文字[1]，大概仍有所冀，仍有远志。1992年4月，我和徐川一到北大看望他，他居室书架上，都是旧式线装书和资料卡片盒。据说他晚年坚持重写《王安石传》，坚持修改其他著作。他有很多想要研究的问题，有很多想要整理的文献，担心"时不我待"。他很平和朴实，没有丝毫架子。

30. 刘克庄之问。南宋刘克庄（1187—1269）："问当年祖生去后，有人来否？多少新亭挥泪客，谁梦中原块土？算事业需由人做。"[2]问得好，语言质朴，含义深刻。

31. 2017年7月，徐永山同学用手机发来他写的两首诗："徐望到曹中，相知好几冬。成年为世事，分散南北中。忙时不得见，闲时聚心中。今都六十余，往事心翻腾。辗转难入睡，盼望再相逢。""曹中一别数十年，山高路长难相见。微信勾起相思情，相互祝福度晚年。"真感实情！望多保重！

32. 徐永山又发来几首诗："曹中大伙房，蚜虫白菜汤。白干面窝头，个个发黑光。辣椒和腌菜，周三就吃光。木板架子

---

[1] 李华瑞：《"孰谓公死，凛凛犹生"——写在纪念邓广铭先生诞辰110周年之际》，《光明日报》2017年5月30日，第7版。

[2] 刘克庄：《贺新郎·送陈子华赴真州》，见胡云翼选注：《唐宋词一百首》，上海古籍出版社1978年版，第139—140页。

床，臭虫逞凶狂。身痒难入睡，醒来双手忙。早晨洗脸水，犹如酱油汤。条件虽艰苦，求知心更强。老师智慧多，学生能力强。两年苦乐事，终生不能忘……""刘峰王井金，彦民张绪银，我和尹凤雨，一行六个人。粮站装白干，五分钱一袋。看谁除得紧，比谁搬得快。呛得鼻流血，堵上继续赛。一磅一磅过，一百斤一袋。晚上一计算，每人十几块……"实际上没有十几块。这是写诗，可能表达高兴。以上是回忆高中生活、学习的，读之可见当年情景。以下写退休后的思念和心情："中秋已过六十多，唯此中秋思念多。老友分散神州地，何时才能聚一桌。""有感曹中老友：每月月都圆，中秋倍觉圆。愚今沽新酒，邀你赏月玩。""家和万事兴，带孙乐无穷。琐事尽力干，老少都安宁。"皆有感而发，历历人生。

33. 李德合的绝唱。2017 年 9 月，李德合投稿《老景三咏叹（试用自度"四句半"）》，并告诉我：今年 88 周岁了，老伴今年 6 月份去世了，享年 86 周岁。老伴在世时，两人生活不和顺，去世时说了一些深爱他的话，让他感到非常温暖，老伴也非常满意。结局是非常美满的。这是他和亲人们都没有想到的，甚至感到惊奇。因而社区送他"2017 青龙桥最美家庭"。墓地在海淀区凤凰岭陵园，他已去过多次，很有感触，因而写诗三首。一、"爱心底藏何其深？！一线悬际始露真。平日惯爆绝情语，今竟温帖胜暖春。——惊诧众亲人！"二、"一事无成人却老，皆大欢喜路尚遥。被授誉牌多有愧，无愧人生须设标。——诚，容，不厌高！"三、"凤凰岭定安息点，碧空绿荫浅赭山。两界云游多痴幻，自由王国绽牡丹。——千年一挥间！"深情真挚感人！人生设标"诚，容，不厌高"，非常好！"千年一挥间"，绝顶感叹！这是他生活的真实写照和关键时刻的宝贵经验，也是诗体与性情的体现。此时此刻，对他来说，这种诗体，最能表达他的心情。

34. 2015 年 2 月 18 日，农历马年除夕，诸伟奇发来两首诗贺年，可谓"伟哉奇哉"："羊年春节，自题二首，恭贺新春吉祥！诸伟奇拜　杜鹃泣血忧天泪，精卫衔枚填海心。丹黄也有丹青义，异代同悲觅同音。　　丹铅终日不知贫，检点征鞍已老身。眉间尚郁风云气，难作神州袖手人。"即复："大年三十，读到您的大作，欣兴无比！诗情画意，让人感奋同起！"

35. 张充和（1914—2015）联："十分冷淡存知己，一曲微茫度此生。""张充和看上去是冷的，那是因为她的慎独和沉静。她说七分冷淡不行，非得要十分，这并非她对人冷淡，而是她对一切敷衍的人和事冷淡。"[①] 她是自然的，并始终爱好自然，觉得自然就是美好的。她喜欢昆曲，并在 20 多个国家传唱昆曲。这副对联，也是她对自己的述评。上联大概指其书法，下联大概指其昆曲。她 1949 年随丈夫赴美后，在哈佛、耶鲁等 20 多所大学传授书法和昆曲，长达 50 多年。其书法小楷尤为世人所重，有"当代小楷第一人"之称。

---

① 周昕艳：《自有笙歌扶梦归——读〈一生充和〉》，《人民日报》2017 年 8 月 8 日，第 24 版。

36. 沈祖棻诗："酒痕旧杂泪痕新，京洛征衣更浣^①尘。犹有薄魂销未尽，不辞辛苦作词人。"^②作词是件辛苦的事吗？沈祖棻何以此感？

37. 金克木 86 岁时《自题梵竺庐集》："春花秋月忆当年，禅院孤灯诵简编。人事蹉跎余太息，难将爝火照琴弦。"^③

38. 苏轼诗词中，不少与寺院和禅悟有关。他被贬黄州时流寓定慧院，贬惠州时寓居嘉祐寺，与寺院和僧人接触多而感悟深。读苏轼诗词，应知他和佛寺僧人、佛教佛学的关系。

39. 宋代程颢《偶成》："闲来无事不从容，睡觉东窗日已红；万物静观皆自得，四时佳兴与人同。道通天地有形外，思入风云变态中；富贵不淫贫贱乐，男儿到此是豪雄。"闲静，浪漫，哲思。有从容自得、看透天地人间、自尊自强的英雄豪气。

40. 瞿秋白绝命词《浣溪沙》："廿载浮沉万事空，年华似水水流东，枉抛心力做英雄。湖海栖迟芳草梦，江城辜负落花风，黄昏已近夕阳红！"^④这是 1935 年 6 月 18 日他在福建长汀就义前填写的。时年 36 岁。甚为可惜。这首词可与北宋晏殊

---

① 浣：wò，沾染，粘。
② 《沈祖棻诗词研究会会刊（15）》，2009 年 9 月，插页《沈祖棻先生诗一首》。
③ 《中国社会科学报》2014 年 2 月 10 日。
④ 吴奔星：《瞿秋白的绝命词》，《学习时报》2019 年 1 月 7 日，第 7 版。

《浣溪沙》相比:"一曲新词酒一杯,去年天气旧亭台,夕阳西下几时回?无可奈何花落去,似曾相识燕归来,小园香径独徘徊。"两种风格,两种意境。瞿词高度概括其一生,临逝而心情平静,自有一种淡定之风。晏词婉约,别有性情。两词下阕,都有联语。艺术性,可作借鉴。七言六句,上片下片。平仄韵脚,皆有讲究。第三、六句,属粘连。

41.《贾平凹传》(陕西人民出版社出版),责编张孔明希望读者"带着诗情画意去读这本书",认为可以获得"一种励志的鼓舞,一种文心的喜悦,一种人生的启迪"。并认为,"大人小心,圣贤庸行",是贾平凹的人生哲学和人生写照[①]。

42.《荀子》:"善为《易》者不占,善为《诗》者不说。"唐代贤相杨绾能诗,终身不以示人,即此意也[②]。荀子此言,其谓孔子乎?

43. 别号。"古无别号,所称'五柳先生'、'江湖散人'者,高人逸士偶然有之;非若今之市侩村童,皆有别号也。……前朝黄东发、本朝姜西溟两先生辨之详矣。近日士大夫,凡遇歌场舞席,有所题赠,必讳姓名而书别号,尤可嗤也!"[③]可为当世之鉴。

---

① 张孔明:《贾平凹:云上月朗》,《光明日报》2017年8月15日,第16版。
② 袁枚:《随园诗话》下,北京燕山出版社2007年版,第561页。
③ 袁枚:《随园诗话》下,北京燕山出版社2007年版,第593页。

44. "心若有诗，我便从容。"这是一种境界，也是一种修养。

45. 最美古诗文，在各人心中是不一样的。

46. 启功不以伤感之情写文章，是一种修养。

47. 诗品出于人品，见诗如见其人！也有例外。

48. 一位青年作家说："世间没有一样东西是没有道理的，你在生活中苦苦求索所得到的，并不比你从中失去的多。身后的事，终归是寂寞的。最终接纳你的，唯有大地。"①

49. 雷海为与诗。2018年4月初，外卖小哥雷海为，在中国诗词大会上一举夺冠。他说："在诗词里我可以寻找到自己的精神寄托，也能学会如何为人处世。"他最喜欢诗人李白、词人辛弃疾。他"不卑不亢，泰然自若"。有人说，"雷海为是真正读懂了诗词的人，他愈是淡定，我们愈是感动"②。诗词让他感到快乐，并成为他快乐的源泉、前进的动力。这是不多见的。人的性格不同、兴趣不同、学养不同、经历不同、志向不同，对诗词的感悟不同。人有精神生活，需要精神寄托。诗词有助于

---

① 吴佳俊：《重返大地之上》，《光明日报》2017年12月1日，第14版。
② 《北京日报》2018年4月5日，第8版。

人们的精神生活，可以承载人们的精神寄托。自古以来，不就
是如此吗？

50.赵朴初观察所养白菜心，悟出养生道理："所遇虽万
殊，自足初无两。静观悟物理，更生得善养。永怀欣欣意，寒
暑任来往。呼吸通寥廓，随心斗室广。"① 诚然！他的许多诗，
既记载史实，也蕴含哲理。

51.以诗会友，以诗聚友，历史悠久，古今中外都有。以
文会友聚友，是以诗会聚的发展。

52.有人说："青葱少年，谁不心野呢？满脑子的诗和远
方。""如今，我明白了，诗，在心里；远方，其实就在脚下。"②

53.每个人心中都有诗，有些人写了出来，有些人没能写
出来。

54.何为诗人？诗人是志趣高雅并创作出优秀诗词之人。

55.诗人不必是职业的。一旦成为职业，局限性就大了。
各行各业的人，有兴趣能写就好，都可以成为诗人。

---

① 赵朴初著：《无尽意斋诗词选》，北京图书馆出版社 2006 年版，第 65—66 页。
② 沈俊峰：《灯火阑珊》，《学习时报》2018 年 7 月 20 日，第 8 版。

56. 心中有诗，想写就写，是一种精神文明。想发表就能发表，是一种社会文明。

57. 诗，因人而生，是人的精神产品，也是为人生服务的。

58. 诗应经得起历代人阅读。一代人有一代人的诗。代代相传，有同有异。

59. 人到老年，生活宜简，读诗便是一简。中青年未必宜简，如果宜简，读诗也是一简。

60. 有无言的诗，在人心里，在精神气质里。那是一种良知，一种内在的正直。

61. 诗意的经历，要用诗意的语言表述或解释。有时则不必表述和解释。

62. 温柔敦厚，原指为人温和、朴实厚道，后来泛指待人温和宽厚。温柔：温和柔顺；敦厚：诚恳朴实。语出西汉戴圣《礼记·经解》："其为人也，温柔敦厚，《诗》教也。"依孔子的见解，诗的灵魂是要"温柔敦厚"的（闻一多《诗人的横蛮》）。《后汉书·方术传》："如令温柔敦厚而不愚，斯深于《诗》者也。"其孔子晚年所主张乎？其整理《诗》以后主张乎？亦符合其为人处世之道乎？

63. 宋代诗人晁冲之晚年写道:"老去功名意转疏,独骑瘦马取长途。孤村到晓犹灯火,知有人家夜读书。"老而弥坚,坚持读书,目标长远。

64. 方成(1918—2018)打油诗:"生活一向很平常,骑车画画写文章,养生就靠一个字,忙!"很有趣,也很实在。平常的生活,真可以养生。

65. 有人提出诗歌消费与审美格局问题。

66. 一位书法家说:"文化自信的一个重要方面就是书法自信","只要我拿起毛笔,我就是最幸福的人,就是离理想最近的人"[①]。诗歌何尝不是,热爱诗歌的人,又何尝不是?对于诗人来说,只要能够读诗、写诗,就是最幸福的人,就是离理想最近的人。所有人,只要能够做他喜欢做的事,他就是幸福的人,接近理想的人。

67. 李白、王安石、苏轼、辛弃疾,经历官场折腾后,都心仪陶潜。苏轼被贬官后,才真正理解陶诗,并效法陶诗,甚至写《和渊明饮酒》《和田园》。追和古人诗,自苏轼始。王安石认为,陶诗有奇绝不可及处,如"结庐在人境,而无车马喧。

---

① 孙晓云:《让中国书法走进每个人的心里》,《光明日报》2018年12月23日,第11版。

问君何能尔，心远地自偏"。罢官后更理解并赞赏陶潜，亦仿效陶之诗篇①。陶潜精神境界，极为深远。近代黄遵宪《人境庐诗草》，亦取法陶潜。

68. 李锦全（1926—）题萧萐父《佛教哲学简介》："欲除烦恼须无我，各有因缘莫羡人。佛性是空还是有？灵山似幻亦非真。"认为"世事当如是观"②。

69. 蔡元培《散步书所见》："偶因错觉催诗兴，美意谁能夺化工。"③实际感受，经验之谈。

70. 陆游逆境诗。1176年，陆游在成都被免除参议官。他《过野人家有感》说："世态十年看烂熟，家山万里梦依稀。躬耕本是英雄事，老死南阳未必非！"《病起书怀》说："位卑未敢忘忧国，事定犹须待阖棺。""出师一表通今古，夜半挑灯更细看。"④身处逆境，不忘忧国。砥砺前行，我还是我。

71. 陆游《冬夜读书示子聿》："古人学问无遗力，少壮工夫老始成。纸上得来终觉浅，绝知此事要躬行。"诗有至理。反复吟咏，其味无穷。

---

① （宋）蔡正孙：《诗林广记》，中华书局1982年版，第2—10页。
② 李宗桂：《道法自然止于至善》，《光明日报》2019年2月2日，第11版。
③ 《蔡元培日记》（上），北京大学出版社2010年版，第254页。
④ 游国恩、李易选注：《陆游诗选》，人民文学出版社1957年版，第48—49页。

72. 苏轼《洗儿诗》："人皆养子望聪明，我被聪明误一生。惟愿孩儿愚且鲁，无灾无难到公卿。"明知人之常情，而又反省自身经历，觉得聪明反被聪明误，因此"惟愿孩儿愚且鲁，无灾无难到公卿"。历经患难之言，一往情深！

73. 辛弃疾《最高楼》："吾衰矣，须富贵何时？富贵是危机。暂忘设醴抽身去，未曾得米弃官归。穆先生，陶县令，是吾师。……千年田换八百主，……更说甚，是和非！"[①]其中"富贵是危机""千年田换八百主"，特有眼力。

74. 处世先做人。写诗尤须先做人。做人：一是做好自己，一是有益于别人。

75. 梁宗岱（1903—1983），翻译家、教育家、诗人，出生于广西一中医世家。性聪颖、好斗、好辩，才气横溢，多情、狂傲。曾留学欧洲，据说与徐道邻同学。蒋介石几次召见，他都拒绝。徐道邻1944年在重庆，奉命到北碚（复旦大学）接他见蒋，他借故醉酒不去。他翻译的莎士比亚十四行诗被公认"最佳"（莎士比亚对十四行诗的重视和投入远在其戏剧作品之上），被收入许多版本的《莎士比亚文集》，还翻译过歌德、瓦莱里、波德莱尔、里尔克等人的作品，均以诗情诗意见长。历任复旦大学、北京大学、中山大学、广州外语学院教授等。一

---

① 薛祥生：《稼轩词选注》，齐鲁书社1982年版，第99页。

生狂介，口头禅是"老子天下第一"。可是 1951 年后，尤其 1966 年"文化大革命"后，屡遭打击，因被抄家，许多文稿译稿被毁。"文化大革命"中，"从烹文煮字转入从医制药"。天性乐观的他，在采药制药的那些年曾说："就算沦落到鲁滨逊的境地，我也能活下去，成为鲁滨逊。"据说他临终时发出一声低吼："到如今，千帆过尽，唯有字纸长存。"① 不过，他的主要成就都是在前半生完成的。如此具有诗意的人，实在让人感到可惜了。

76. 诗有真伪，诗人亦有真伪。

77. 诗性人人有，精神需涵养。

78. 诗意地生活，精致、简约。从简约，致久远。

79. 有志方有诗。志是诗的前提，情亦随志。诗之优劣，反映志之高低。诗，可以修身养性。

80. 三国时应璩《三叟诗》："昔有行道人，陌上见三叟。各年百余岁，相与锄禾莠。往拜问三叟，何以得此寿？上叟前致词，室内姬粗丑。中叟前致词，量腹节所受。下叟前致词，

---

① 柳青：《〈梁宗岱译集〉出版，翻译的莎士比亚十四行诗被公认"最佳"》，《文汇报》2016 年 8 月 23 日，第 10 版。

暮卧不复首。要哉三叟言，所以寿长久。"[①] 不贪色，节制饮食，不蒙头睡觉，是古人的养生经验。应璩总结成诗，语言朴实，简单形象，容易记取。

81. 康节"三不出"："风不出，雨不出，大寒暑不出。"[②] 真养生者也！当今可增"两不出"：重污染不出，节假拥堵不出。

82. 人生三不朽。《左传》有言："太上有立德，其次有立功，其次有立言；虽久不废，此之谓不朽。"孔颖达注疏："立德，谓创制垂法，博施济众，圣德立于上代，惠泽被于无穷。立功谓扭厄除难，功济于时。立言谓言得其要，理足可传，其身虽没，其言犹存。"可谓精辟。立此存照！虽难达到，心向往之！

83. 丰子恺喜欢"草草杯盘共笑语，昏昏灯火话平生"。我的一位朋友，也喜欢这句诗。这是一二知己或三五好友，舒心欢聚的写照。可谓妙，妙，妙！这句诗出自王安石《示长安君》："少年离别意非轻，老去相逢亦怆情。草草杯盘供笑语，昏昏灯火话平生。自怜湖海三年隔，又作尘沙万里行。欲问后期何日是，寄书应见雁南征。"（供，一作"共"，含义略有不同）长安君是王安石的妹妹。

---

① 《老年文摘》2017 年 8 月 3 日。
② 袁枚：《随园诗话》下，北京燕山出版社 2007 年版，第 555 页。

84. 明末清初诗人冯班（1602—1671），在明灭后佯狂避世，著《钝吟集》。钝，若有"遁"意。其诗含蓄，时势使然，亦自力而为，有见道之言："王气消沉三百年，难将人事尽凭天。石头形胜分明在，不遇英雄自枉然。"吴乔谓"以孙仲谋寓亡国之戚也。所谓不着议论声色，而含蓄无穷也"①。

85. 有人说："在一个没有诗意的时代，我却要寻找诗，将日子过成一首诗。我愿自己是一首诗，一首古典的带韵的诗。"清人蘅塘退士选编的《唐诗三百首》，他每晚睡前都要读上几首，"反复吟咏，反复体味，陶醉其中，不可自拔"。他以为"诗歌是人世间的一种大美"，"每个人都应具有诗人的气质"。诗歌是他"生命的一轮明月、一泓清泉"②。

86. 吴为山《父亲和他的诗》说："诗，远自旷古，又辉映现实。萦回于无际的虚空，启迪着人生的理想。父亲以诗意抒写了他文化与教育的一生，也激励着我们的人生。"③

87. 明代刘基《千秋岁》，耐人寻味。"淡烟平楚，又送王孙去。花有泪，莺无语。芭蕉心一寸，杨柳丝千缕。今夜雨，定应化作相思树。 忆昔欢游处，触目成前古。良会处，知何许？百杯桑落酒，三叠阳关句。情未了，月明潮上迷津渚。"

---

① 程千帆主编，（清）王士禛等著：《诗问四种》，齐鲁书社 1985 年版，第 232 页。
② 史飞翔：《依然向往诗》，《中国社会科学报》2017 年 4 月 28 日，第 8 版。
③ 《人民日报》2017 年 6 月 24 日，副刊第 12 版。

88. 徐士泰发来金乔觉①的诗句，认为值得玩味。金送童子下山时说："好去不须频下泪，老僧相伴有烟霞。"胸怀慈悲，亦殊旷达。

89. 金乔觉《酬惠米》："弃却金銮衲布衣，修行浮海到华西。原身自是王太子，慕道相逢吴用之。未敢扣门求地主，昨叨②送米续晨炊。蒙君餐食黄精饭，腹饱忘思前日饥。"③由王子变僧人，由祖国到异国，修行慕道，艰难困苦，忘思饥饱。这是什么精神？

90. 李白："长相思，在长安……天长地远魂飞苦，梦魂不到关山难。长相思，摧心肝！"白居易："思悠悠，恨悠悠，恨到归时方始休。月明人倚楼。"又是什么精神？

91. 诗能言志抒情，亦可养生治病。读《聪训斋语》可知，有自身感悟更可知。诗之优美，使人愉悦。诗之淡远，使人心静。李鸿章在给李瀚章的信中也说："体气多病，得名人文集，静心读之，亦足以养病。"

---

① 金乔觉（696—794年），原籍新罗国鸡林州（今韩国庆州），新罗国王金氏族人，早年出家为僧，法号地藏。24岁时（唐玄宗开元年间）来到中国，主要在安徽九华山修行，直到圆寂。
② 叨：tāo，得到好处，客套话：叨教、叨扰。又：dāo，唠叨、念叨。吴用之是九华当地人，与金结缘友善。
③ 《全唐诗》，见吴文渊：《从金地藏的"酬惠米"诗看九华老田吴村与佛缘关系》，《安徽炎黄文化通讯》2019年第2期，第32页。

92. 诗学之用。诗本身，既言志抒情，又可催人奋进，陶冶性情。诗有日用，可以反复含味，可以社交，可以题画，可以陶铸语言文字。因有诗而有诗学。诗学有助于写赋、散文、论说文、传记、戏剧、歌曲、小说、楹联等。张梦阳写《鲁迅全传》，努力经营哲理性与情韵美融合的"诗学境界"。他说："哲人与诗人融化在一起的哲理诗人，是我追求的最高境界。"他"讲究笔调，锤炼语言，叙述、议论、抒情搭配也得当，形成内在的韵律和节奏"，讲究"造境"，追求"深沉、淳厚、凄美"的美学风格；还讲究"细节"，尽力寻找"生活质地"，并从生活质地中"提炼和升华出一种哲理与诗韵相融合的美"①。此亦诗学之用。

93. "精神到处文章老，学问深时意气平。"②霍松林（1921.9—2017.2.1）90 岁时曾书此联以自勉勉人。他生于甘肃天水。父亲是清末秀才，曾到陇南书院深造，科举废除后回乡教书、种地、行医。霍松林自幼受父亲启蒙教育，得获父亲概括的治学方法，其中三点仍值得铭记："一是既要精读，又要博览；二是读书、阅世、作文相辅而行；三是循序渐进、持之以恒。"第二点，"阅世"尤为重要，我亦同感。读诗、写诗，亦须如此。霍松林是陕西师范大学文学院教授，

---

① 张梦阳：《"魂"边余墨》，《中国社会科学报》2017 年 5 月 5 日，第 8 版。
② "精神到处文章老，学问深时意气平"，是乾隆年间的状元、诗人、书画家石韫玉（1756—1837）创作的对联。意为：精神充实，考虑问题周到，文章才能写得好；学问高深，看问题全面而长远，意气方能平和。

历任陕西师范大学古籍整理研究所所长、文学研究所所长，中国唐代文学学会副会长，中华诗词学会副会长、名誉会长，中国杜甫研究会会长等，有《霍松林选集》10卷，2010年由陕西师范大学出版社出版。其中代表作有《文艺学概论》《诗的形象及其他》《唐宋诗文鉴赏举隅》《历代好诗诠评》《绝妙唐诗》《唐音阁论文集》《唐音阁诗词集》等。他1945年以兰州第一名考入国立中央大学，受业师汪辟疆影响，确立"知能并重"的治学思想："研究者只有自己搞过创作，并有足够心得，才能深刻领会并研究别人的作品。"此可谓深得我心。人同此心，心同此理。先人体会已深。他为自己确立的学术品格，我亦十分赞成，也一直这样要求自己："求真求是，学风严谨、不盲从、不随波逐流，并始终不偏离这一学术'政治方向'。"①

94. 霍松林和于右任"同有诗文书法之好，又同属秦陇间人，所以两人关系格外亲密"。他牢记于右任对他说过的话："有志者应以造福人类为己任，诗文书法，皆余事耳。然余事亦须卓然自立，学古人不为古人所限。"② 于右任真有大境界，真能卓然自立者也！

---

① 耿显家：《若无新变不能代雄——访著名古典文学家、文艺理论家霍松林》，《中国社会科学报》2015年6月8日，A05版。
② 耿显家：《若无新变不能代雄——访著名古典文学家、文艺理论家霍松林》，《中国社会科学报》2015年6月8日，A05版。

95. 霍松林的几首诗，"苦学学到鬓如银，不慕荣华不厌贫。阅世读书辄妄议，忧时感事亦狂吟。操觚①细审今昔变，持论遥通宇宙心。十卷编成祸梨枣②，岂堪覆酱又烧薪③！""水碧山青白鸟飞，百花处处斗芳菲。人间应有诗中画，彩笔还须着意挥。""新苗老树竞开花，万紫千红胜彩霞；雪虐霜欺成昨梦，春城春色美无涯。"④。第一首，是霍松林在《霍松林选集》（10卷）出版座谈会上吟诵的，自有一种书生意气、一种豪气和一种谦诚。

96. 冯骥才谈诗与生活。2016 年 7 月 25 日，冯骥才写下《我们的生活为什么没有诗》，讲到诗的本质、诗的小众化、诗的生存环境，"有诗与没有诗的生活是不一样的。如果诗离我们远了，怎样才能把它召唤回来？"这是值得注意的。全文如下⑤：

有时会听到一种抱怨，说我们的生活愈来愈没有诗，这抱怨令我深思。

回过头看，历史上我们是一个伟大的诗的国度。诗，曾经让我们为国家民族的兴亡慷慨悲歌，为无所不在的生活与性情

---

① 操觚：写文章。觚：古代写文章用的木板。
② 梨枣：代指书版。
③ 覆酱烧薪：极言著作被认为无价值。覆酱：覆酱瓿的简称，指用书盖住酱坛。烧薪：指把书当柴烧。皆有典故。
④ 耿显家：《若无新变不能代雄——访著名古典文学家、文艺理论家霍松林》，《中国社会科学报》2015 年 6 月 8 日，A05 版。
⑤ 《文汇报》2016 年 8 月 16 日。

之美而吟唱。可是不知从什么时候开始，诗从我们的生活中离去了，到哪里去了呢？是它弃我们而去，还是我们主动疏远了它？我们真的没有诗也一样能活得挺满足，真的不需要享用诗了？没有诗的生活究竟缺乏了什么？你有没有因此而感到某种心灵上的荒漠感？

其实，诗的小众化在世界上已是共同面临的问题。在许多曾经产生过诗神诗圣的国家，诗也在被公众淡漠。十多年前，我在维也纳中心拉什马克地铁站内，看到墙壁上贴了许多纸片，以为是留言的条子。这里的人有这种奇特的"留言"习惯吗？一问方知，这些纸片上写的都是或长或短的诗句。原来是一些诗人，也有爱好诗的普通人，写了诗无处发表，受众少，便贴在这里，有的纸上还写着个人的手机号码。如果谁读了，喜欢他的诗，便可以给他打个电话私下交流一下，仅此而已。据说后来互联网普及了，就很少有人这么做了。

当今我们的互联网也是诗的传播工具。我们有出色的诗人和出色的诗，可是与欧洲人不能比，在欧洲还可以见到日常的诗的生活。我在阿尔卑斯山里碰到过村民的诗会，在俄罗斯遇到过老百姓聚餐时一个个站起身朗诵自己喜爱的诗歌。可是我们的诗和诗人却身处生活的边缘又边缘，可有可无了。

那年，汶川大地震后，我们赶到北川抢救严重受损的羌文化。我们站在一个山坡上，下边是被震成一片废墟的北川城镇。当地文化馆的负责人手指着一个地方告诉我，地震时著名的禹风诗社的四十多名诗人正聚在那幢房子里谈诗论诗，大地震猝不及防，天灾中无一幸免，全部罹难。于是我们站成一排向那个方向深深鞠躬致哀。当今，真正痴迷于诗的人究竟不多了。

有人说，诗的消退是因为这种文学样式不适于当代人的需要。还说这种文学体裁早已度过盛年，走向衰老，失去了生命的活力；比如说，唐人写诗，宋人写词，宋代之所以改用长长短短字句的词，正是由于诗的能量已被唐人用尽。真的是这样吗？诗只是一种文学体裁吗？我们读古人的诗句而受到了触动和感动，是因为这种文学体裁，还是其中那些对生活深在的韵致的心灵感知与发现？我们现在对生活为什么没有这种敏感与发现，没有这种表达的情怀呢？我们的心灵变得粗糙而愚钝了吗？

其实，问题还是出在我们的心灵上，而不是在文学上。

如果我们现在眼睛里全是微信，问知全靠电脑，天天找寻的大多是商机，心中关切的只是眼前的功利；如果我们的快乐大都从盈利、物欲、消费中获得，诗自然与我们无关。

在市场时代里，消费不仅要主导市场，也要主导我们。消费文化是消费的兴奋剂，所以消费文化都是快餐式的、迎合的、被动的、刺激的、欲望的，又是便捷的。消费过了就扔掉。一切都是暂时的快意与满足。消费方式异化着消费者，商业文化也在把我们商业化、浅薄化、粗鄙化。这样，诗一定没有立足之地。因为在所有文学样式中，诗是最不具有消费价值的。

诗需要什么样的生活呢？那就要先弄明白诗的本质。首先，诗是精神的，精神愈纯粹，诗愈响亮。诗是情感的，情感愈真纯，诗愈打动人。诗还是敏感的、沉静的、深邃的、唯美的、才情的。我们的生活能给诗提供这样的生存环境吗？更关键的是我们有这种精神的需求吗？如果没有，还奢谈什么诗？如果有，如果需要，诗可不是奢侈品，它会不请自来。

如果我们不需要它，我们一定会失掉与它相关的那些东西。那就是精神的纯粹、心境的宁静、生活的韵致，还有对美与才情的崇尚，等等。那么，我们的生活不就会变得平庸、乏味、浅薄和枯索了吗？

有诗与没有诗的生活是不一样的。

如果诗离我们远了，怎样才能把它召唤回来？

97. 冯骥才上文中提出的一些问题，耐人深思。如："诗只是一种文学体裁吗？我们读古人的诗句而受到了触动和感动，是因为这种文学体裁，还是其中那些对生活深在的韵致的心灵感知与发现？我们现在对生活为什么没有这种敏感与发现，没有这种表达的情怀呢？我们的心灵变得粗糙而愚钝了吗？""诗需要什么样的生活呢？那就要先弄明白诗的本质。首先，诗是精神的，精神愈纯粹，诗愈响亮。诗是情感的，情感愈真纯，诗愈打动人。诗还是敏感的、沉静的、深邃的、唯美的、才情的。我们的生活能给诗提供这样的生存环境吗？更关键的是我们有这种精神的需求吗？如果没有，还奢谈什么诗？""如果诗离我们远了，怎样才能把它召唤回来？"诗，当然不只是一种文学体裁，更是其中对生活内在韵致的心灵感知和发现，是人的精神需要和情感需要，是对美的一种追求，是对兴致的经典抒发。诗之所以被淡化和边缘化，问题还是出在我们的心灵上，出在时代发展变化上，出在生活环境上，而不是在文学上。"如果诗离我们远了，怎样才能把它召唤回来？"我们还需要更好地修炼，精神境界的修炼，心境的修炼，情感的修炼，还要对时代发展及生活环境有更公平正义合理的改变，有更合乎人类文明的改变！

98. 冯骥才上文中的"我们"，是指哪些人？包括你我吗？也许包括，也许不包括。大概是指中国人中的多数，或者少数。因为他只是"有时听到一种抱怨，说我们的生活愈来愈没有诗"；更因为，不管怎样，总有些人坚持写诗。能说他们的生活中没有诗吗？无论如何，他们有性灵，也能抒发性灵；有情感，也能抒发情感；有精神追求，也能抒发精神追求；爱美，也会歌颂美；崇高，也能攀登；也能平静下来，凝神远虑；也能"登东皋以长啸，临清流而赋诗"！但坚持写诗的人，总是少数。

99.《文汇报》2016 年 8 月 16 日刚发表冯骥才《我们的生活为什么没有诗》，8 月 18 日就报道《首届上海国际诗歌节正在展开，市民写诗等活动见证全民诗歌热潮：插上互联网的翅膀，曾经"边缘"的诗歌开始逆袭》，说："我们正在经历的不单是一个'全民读诗'的时代，更是个'全民写诗'的时代。""曾经被评价为'边缘''小众'的诗歌，如今已'飞入寻常百姓家'……互联网所带来的阅读和创作形式的双重蜕变，为诗歌插上了这一双'翅膀'。"这似乎多少有点夸张，有点宣传意味。诗人西川说得对："诗歌有许多分类。有的浅白，有的晦涩，有的适合朗读，有的只适合在纸面上咀嚼。能够在大众间传播的，一定是一部分的诗歌，依然有一些诗歌，是只有少数人能够欣赏的。"《诗刊》副主编、诗人李少君说："（互联网及微博、微信等网络平台）技术进步拉低了发表、阅读、流传的门槛，也改变了整个诗歌的创作机制、传播机制、评价机制。诗歌可以说是进入了一种新生态。"[1] 这也值得注意。

100. 首届上海国际诗歌节（2016. 8. 16—8. 20），是上海书展和上海国际文学周的一项重点活动。美国诗人莎朗·奥兹、英国诗人肖恩·奥布莱恩（这两人都是艾略特奖得主）等国际诗人应邀相聚，一起探讨诗歌的命运、诗歌的内容与形式，并反思 1917 年以来中国新诗与世界诗歌发展的路程。中国诗人有赵丽宏、西川、李少君等（详见报道）。这是诗歌发展中值得注意的一次活动。

101. 英国艾略特诗歌奖得主肖恩·奥布莱恩说，诗歌和公众的关系处在危机中，在英国这种状况已持续 100 多年，并将持续下去。自从浪漫主义丧失活力以后，公众就没有跟上过诗

---

[1] 以上引文均见《文汇报》2016 年 8 月 18 日，第 10 版。

歌的节奏①。

102. 诗歌是时代的号角。有人认为："一首诗的教化有时远甚于一堂教育课。"在报刊、电视、教材、车站、码头、机场，"都应该给诗歌留下一席之地""生活中一些人无趣，百无聊赖……大体是与心中缺少一份诗情画意有关"②。可谓真知灼见。有些地方，包括墙面、路边、公园路面等，已有好诗名词。但是绝大多数地方，还没有，还有待开发。

103. 袁枚："不读书，便是低天分；行刻薄，真乃大糊涂。"③此言不虚。

104. "诗人，返璞归真，诗人，永远有光。"④李瑛如此。真正的诗人，几乎都是。

105. 诗人有种叛逆性？这是一种不受约束、追求自由、反对传统、追求创新的叛逆性。洛夫解释其"诗魔"之称："法国作家伏尔泰曾说，每个诗人心中都藏有一个'魔'。这个'魔'，其实就是诗人天生的一种叛逆性。我早年的叛逆性

---

① 《文汇报》2016 年 8 月 17 日，第 11 版。
② 言诚：《生活需要诗歌》，《红旗文摘》2017 年第 6 期，第 137 页。
③ 袁枚：《随园诗话》下，北京燕山出版社 2007 年版，第 531 页。
④ 付小悦：《李瑛与光明日报的 70 年情缘》，《光明日报》2019 年 3 月 30 日，第 4 版。

特强，身为现代诗人，全心追求创新，喊得最响亮的口号就是
'反传统'，创作时铸字设譬，不拘一格，经营意象，不守绳
墨，这或许就是最初'诗魔'的来源。到了后期，我的作品多
了不少禅静，在我看来，魔与禅之间，是互相辉映、交错印证
的。"①

106. 2016 年 12 月 27 日，燕京诗社年终茶话会。刘景禄
讲：燕京诗社成立于 1979 年，宋振庭（时任中央党校教育长）
发起，陶白、张仲纯、周南等一起成立。我当时是宋振庭的秘
书。中国是个诗的国度，这与孔子有关。《诗经》以四言为主，
汉代《古诗十九首》以五言为主。那时大家都会写诗，流氓乞
丐都会。唐代以诗考官。有"诗仙"李白，"诗圣"杜甫，"诗
佛"王维，"诗鬼"李贺，"诗魔"白居易，"诗豪"刘禹锡，
"诗奴"贾岛。杜荀鹤：世间何事好？最好莫过诗。唐诗成就
高。清代曹雪芹也是杰出的诗人。《红楼梦》中借林黛玉的口，
谈学诗路径：熟读李白杜甫王维等人的诗。

107. 张傲卉讲：《燕京诗刊》是党校的孩子，在党校长大
的，会不会有出息呢？会的。但要不断提高质量。建议不是律
诗的诗，不要标为律诗。我是学中文的，一直教古典文学。有
位朋友对我说："中央党校的人好胆大啊！什么《满江红》，什

---

① 王星：《"诗魔"洛夫：书写诗意人生》，《文汇报》2016 年 11 月 27 日。洛
夫（1928—2018），生于湖南衡阳，1949 年去台湾，1996 年旅居加拿大温哥华。
著名诗人。

么《渔家傲》，都不合调。"我们要呵护好《燕京诗刊》，要越办越好。

108. 崔自铎讲：《燕京诗刊》是党校一景。愿其作品向"高精尖"进军！

109. 严修①自谓60岁后才学诗。实际自幼学诗，一直嗜诗如狂。早年作诗《声在树间得秋字》，谓"有声皆在树，无处不惊秋"。其诗学观点，崇尚自然，并以白居易为榜样，乐于随缘、省事、酬唱新知。正如所作《逸唐招同人·集寓斋分韵得之字》诗所言："随缘便作逢场戏，省事无如叠韵诗。未必文章妨要务，或从酬唱结新知"（"省事"，意为"反省记事"，含有白居易"诗歌合为事而发"之意）。又如《寿林墨青六十》所言："香山所为诗，可以喻灶婢。宋儒著语录，后人谁敢訾。"《六十四岁初度》："一年一度逢初度，底事年年例有诗。"出行、远游，往往以诗记之。胡适认为严修是"学者、藏书家、诗人、哲学家、最具公德心的爱国志士"②。

110.《严范孙先生古近体诗存稿》800多篇，大多数是其60岁之后作品，即1919—1929年间作品，民国北洋时期的作

---

① 严修（1860—1929）字范孙，清末翰林院编修，历任贵州学政、学部侍郎等。入民国后，资助张伯苓创办南开学校。
② 罗海燕：《天津近代文坛的诗词传统——以诗人严修为例》，《中国社会科学报》2016年12月12日。

品。可见他对传统文化体裁的坚守，也可见那个时代的一些风
貌。这种体裁，并非只属于古人，今后也可以用。严修晚年在
天津创办城南诗社，其《中元游八里台泛舟分韵得秋字》，记载
诗社活动盛况："城南诗社人，最喜城南游。鲰生体此意，先期
斗酒谋。郊庠肯见假，竟日容淹留。诗人晨踵至，三五各为俦。
当其未至时，中道已唱酬。入门急索纸，快若鲠在喉。顷刻堆
满案，挥洒无少休……少焉诗横飞，稿草如梭投……日尽诗未
尽，归棹南关头。"① 如此诗兴，真可观止焉。

111. 申石伽"晚年足不出户，谢绝应酬，不求闻达，宁
静致远"。他说："我今年九十有三，之所以坚持十五年不出
户，谢绝应酬，闭门研画，不卖书画，不置房产，知足常乐，
是因为我对名利看得已经较淡。人各有志，各有寄托，不必强
求。对名利的看法，也尽可能有多元色彩。"他年轻时曾追求
名利。他深有体会地说："名利是一样好东西！名利可以成为年
轻人奋斗和拼搏的动力。不过追求名利不是目的，只是手段而
已。一个人到了晚年，名利就会变成拖累和包袱，应该把它抛
弃！"② 龚心瀚纪念申石伽的这篇文章，写得很有文采和诗意。

---

① 罗海燕：《天津近代文坛的诗词传统——以诗人严修为例》，《中国社会科
学报》2016 年 12 月 12 日。
② 龚心瀚：《最难得"墨饱心宽自在身"——写在申石伽先生诞生 110 周年之
际》，《文汇报》2016 年 8 月 21 日，第 7 版。

112. 易海云追思会①，有些挽联相当感人，情真意切，实有佳句。如：北京语言大学晚晴诗社社长刘杰联："海止扬波，默送诗魂西去；云开散猗，长陪仙鹤高翔。"中关村诗社副社长白彤霞联："挥泪忆深情，室有墨香名不朽；伤心痛永逝，胸无杂念韵长存。"六艺国学馆李丹联："噩耗遽传，难信香山折大纛；音容宛在，唯将遗愿化宏图。"情意之思和艺术表达，浑然一体，让人动感。张宝林词《江城子》："忽闻噩耗泪流长。忆师教，情难忘。无那觉凄凉。假使师尊今犹在，聆教诲，面慈祥。今来忆念当前事，香山社，聚贤堂。相顾无君，唯有众情伤。料得年年活动日，想易老，话犹长。"明白无误，如在现场，更料将来话犹长。

113. 法国著名诗人保尔·魏尔伦（1844—1896），其《诗艺》论著，据说成为象征主义诗派的纲领。出版诗集《无题浪漫曲》《土星人诗集》《游乐园》《智慧集》《魏尔伦诗集》等十余种，其叛逆而不失传统的诗风、哀而不伤的诗意，在法国诗坛具有崇高声誉。

114. 彭宝亭怀念李德合。李德合2017年12月24日去世。2018年12月24日，彭宝亭填词《鹧鸪天·怀念挚友（李德合）》，其中写道："梦绕情伤难入眠，故人西去一周年。偶尔

---

① 易海云（1934—2017.2.13）追思会，2017年2月25日，在海淀区老干部活动中心举行，香山诗社主办。

吟咏得佳句，玩赏无君倍怆然。"① "追往事，忆生前，知君愿我
重诗篇。"感情真挚，诚属好友。上段后两句，富有童趣而又非
同一般！李德合确实让人怀念！

115. 魏天祥《砥砺前行》写得很好："我庆幸经历了潮落
潮涨／七十年磨砺竟是如此难忘／因为有了甘苦备尝／才知道
什么是愚妄什么是荒唐／由于令人困惑的事太多／便有一种醍
醐灌顶的明亮／还有那纷乱繁复的人事／又逼出了认识真理的
亮光／而彩旗与鲜花过度炫目的景象／更唤起了对真伪的度量
／我庆幸在左右为难的岁月中／人性未灭良知未丧／跨过了时
间屏障／少了先前的彷徨也未醉入他乡／……"②

116. 巫宁坤（1920.9—2019.8）："万里回归落虎穴，抛
妻弃子伴孤烟。蛮荒无计觅红豆，漫天风雪寄相思。"其自传
《一滴泪》，记其坎坷经历。有助于研究近现代史。

117. 唐代岑参《山房春事》："梁园日暮乱飞鸦，极目萧条
三两家。庭树不知人去尽，春来还发旧时花。"白居易《乱后过
流沟寺》："九月徐州新战后，悲风杀气满山河。唯有流沟山下
寺，门前依旧白云多。"③ 中唐战乱后景象，读之神伤！

---

① 《燕京诗刊》2019 年 11 月第 38 期，第 52 页。
② 《燕京诗刊》2019 年 11 月第 38 期，第 62 页。
③ 袁行霈主编，王志清撰：《白居易诗选》，商务印书馆 2016 年版，第 10—11 页。

118. 白居易自称"诗痴""诗魔"。存诗三千，优劣参半，褒贬参半。然而，不掩其才，不掩贡献。生当中唐，遭遇战乱，进退各半，忧乐参半。诗随世用，通俗易懂。综其一生，也算如愿。

119. 齐白石自称诗第一，字第二，画第三。姚永概自称诗第一，文第二。他们对诗下过深功夫。他们的诗中，有他们的难忘经历、真知灼见和向往。

120. 梁启超认为，王安石是完人。"其德量汪然若千顷之陂，其气节岳然若万仞之壁，其学术集九流之粹，其文章起八代之衰，其所设施之事功，适应于时代之要求而救其弊，其良法美意，往往传诸今日莫之能废，其见废者，又大率皆有合于政治之原理，至今东西诸国行之而有效者也。……若乃于三代下求完人，惟公庶足以当之矣。"①

121. 刘瑞芬（1827—1892），安徽贵池县人，经常博览群书，究心经世之学。居官不受馈赠。既不得志于有司，便以诗自娱，联系同志建立青山诗社，编有《青山诗选》。其生平著作相当丰富，但多毁于兵火。现有《养云山庄诗文集》、《刘中丞奏稿》（附《西轺纪略》）等。

---

① 梁启超著：《王安石传》，海南出版社 2001 年版，第 22 页。

122. 许继慎诗："鼓轮破巨浪，风送夕阳归。明晨云雾散，昂首看朝晖。国事艰难日，英雄奋起时。光阴如逝水，觉醒不宜迟。"①

123. 邓宝珊诗："髫龄失怙走天涯，荆花憔悴惨无家。马蹄踏遍天山雪，饥肠饱啖玉门沙。不屑傭书伏剑行，枕戈中夜气纵横。"②

124. "人事有代谢，往来成古今。江山留胜迹，我辈复登临……"孟浩然的这首诗，的确平实而有哲理。谁不在其中呢？

125. 古人说，"春到人间草木知"③，何况人类呢？

---

① 见六安许继慎纪念馆。许继慎（1901—1931），安徽六安人，1920年起，先后到安庆安徽省立第一甲种工业学校、第一师范学校、上海大学社会学系学习。学习期间从事学运，1921年参与创建安庆社会主义青年团，1923年加入中国共产党。1924年5月考入黄埔军校第一期，任中共特别支部后补干事。毕业后，任教导团排长、连长、国民革命军少校干事、代理团党代表等，参加两次东征。是黄埔军校青年军人联合会发起人和领导者之一。北伐时期，任叶挺独立团第2营营长，参加平江、汀泗桥、贺胜桥等战斗。后任国民革命军某团参谋长、某团团长、中国工农红军第一军军长、皖西军委分会主席等。1931年11月，被张国焘"肃反"杀害。1945年中共七大为其平反昭雪，1988年被确认为中共"36位军事家"之一。
② 见榆林邓宝珊纪念馆。
③ 南宋张栻（1133—1180），汉州绵竹（今四川绵竹市）人，右相张浚之子。南宋初期学者、教育家。南宋理宗淳祐初年（1241年）从祀孔庙，后与李宽、韩愈、李士真、周敦颐、朱熹、黄干同祀石鼓书院七贤祠，世称石鼓七贤。其诗《立春偶成》："律回岁晚冰霜少，春到人间草木知。便觉眼前生意满，东风吹水绿参差。"

126. 有些诗人有怪癖，如美国的布劳提根和布考斯基等。有人认为，克服怪癖，会毁掉异禀，毁掉才华。社会应宽容个人的怪癖。①

127. 胡适怎样成为新诗人？沈寂《胡适由少年诗人到新诗鼻祖》，深入探究胡适如何成为少年诗人，又如何成为新诗鼻祖，认为"胡适爱诗，不是由科班培养的，而是自我爱好而成癖，十六七岁，就有'少年诗人'之誉，在新文学运动中，终于创导诗国革命而成我国新诗的鼻祖。在其由少年诗人到新诗鼻祖之间，有着一段艰苦努力的磨炼过程"。其由旧诗过渡到新诗的中间环节表明："提倡诗国革命的，只能是诗人；革新能获得成功，还须以中外文化交流为必要的条件。"② 这是既切实而又具有启发意义的中肯之论。

128. 对项羽和江东子弟的不同认识。（唐）杜牧之《题乌江亭》："胜败兵家事不期，包羞忍耻是男儿。江东子弟多英俊，卷土重来未可知。"（宋）王安石《题叠乌江亭》："百战疲劳壮士哀，中原一败势难回。江东子弟今虽在，肯为君王卷土来？"蔡正孙认为："荆公此诗，正为牧之设也。盖牧之之诗，好异于人，其间有不顾理处。"③ 两种观点，盖有两种情怀。皆能存

---

① 《从布劳提根到布考斯基：不取悦社会的影子》，《新京报》2019年10月26日，B 02版。
② 《胡适学术讨论会述评》，《安徽史学》1992年第1期。
③ （宋）蔡正孙：《诗林广记》，中华书局1982年版，第113—114页。

世。王诗哲理，更切实际，眼光更深邃，高于杜牧之。又李清照《夏日绝句》："生当作人杰，死亦为鬼雄。至今思项羽，不肯过江东。"毛泽东《人民解放军占领南京》："宜将剩勇追穷寇，不可沽名学霸王。"联系现实，各有所指。

129. 叶恭绰[①]1951 年 70 岁时，作墨竹长卷《竹石图卷》，自题诗为："漫说高材老更刚，无边岁月去堂堂。根蟠雪谷成孤寄，叶扫风轻不尽藏。斩恶终怜吾土美，削圆宁减旧时方。茂林修竹山荫道，慵向清流论短长。"[②] 以墨竹自况，老而弥刚，不与他人论短长，是他那时生存状况的真实写照。

130. 有人（龚鹏程）认为，真正好的文字学家，都是诗人，如章太炎、黄侃、王国维、陈梦家、郭沫若等。文心深奥，非神思妙悟，难有所入。若非诗人，就显得笨。王国维的二重证据法，是他用来告诉笨伯的门面语，真正的本领仍在诗心、神思、联想、触机、感通等处（龚鹏程《中国已无文采》）。这话未必全对，但其强调诗人的"诗心、神思、联想、触机、感通"等，实在是值得注意的。

---

① 叶恭绰（1881—1968），字裕甫，号遐庵，晚年别署矩园，广东番禺人。中华人民共和国成立后，曾任全国政协常委、中央文史馆副馆长、北京书画院院长等。主要著作有《遐庵诗稿》《遐庵词》《全清词钞》《遐庵汇稿》《遐庵谈艺录》《遐庵清秘录》等。他曾是徐树铮的朋友，北洋时期曾主交通。
② 雷克昌：《叶恭绰妙手写竹石》，《中国社会科学报》2017 年 2 月 6 日，第 8 版。

131. 叶秀山认为，宗白华先生是一位德高望重的学者，"更是一位充满青春活力的诗人"。但"并不是说，宗先生写过诗、喜爱诗，而是说，宗先生的一切文字，都是有诗意，他从诗的眼光来看哲学、文学、艺术，因为他是从诗的眼光来看生活、看世界，我想说，宗先生是'诗意的存在着'"①。

132. 流沙河②评介余光中的诗歌美说："就其主脉，一般而言，余光中的诗作，纳古典入现状，藏炫智入抒情，儒雅风流，有我中华文化独特的芬芳，深受鄙人喜爱。"读过余光中的诗后，他说："算了算了，我不写了，我怎么写也写不出那样的好诗来。""我这个人头脑过分条理化、逻辑化，感性不足，好诗需要的奇思妙想我没有。"懂诗并写过不少诗的流沙河，不愿承认自己是诗人而且不想再写诗，据说 20 世纪八九十年代就不写诗了③。也许，这是他人生的又一种诗意。

133. 节日信息多诗意。自有手机信息以来，人们每逢节日，以手机发送信息相互祝贺。节日手机信息，已成为一种文化。相

---

① 叶秀山：《守护着那诗的意境》，《读书》1988 年第 8 期，第 5 页。参见赵广明：《斯人"在""诗"——叶秀山美学要义》，《中国社会科学报》2019 年 9 月 3 日，第 2 版。
② 流沙河（1931.11.11—2019.11.23），很早就写诗，参与创办《星星》诗刊。该刊 1957 年 1 月出版创刊号，是中华人民共和国第一份官办诗刊。他 1985 年主导出版《台湾中年诗人十二家》。著有《流沙河诗集》《流沙河诗话》《隔海谈诗》等。
③ 《流沙河病逝　岁月淘不尽诗歌与理想》，《新京报》2019 年 11 月 24 日，A12 版。

互联系，互致贺意，增加情感和友谊。有时包含对社会的一些看法，颇具时代特色。如："铭记人生中珍贵的缘分和善良；珍惜岁月里久远的真诚和情谊；感恩生命中难忘的关心和支持……"

134. 人类的未来，可能取胜于想象力。谁的想象力周全，富有诗意，合乎科学与真理，谁就可能取得更大胜利。

135. 要诗意地富有想象地创造性地生活。

后 记

　　《经历诗意》，原按时间顺序，那是个人经历。申请出版期间，友人望其分门别类，以更便于读者阅读。因而大致分类。各部分之间，有相互联系；有的条目，可以放在不同的地方，为避免重复，只放在某一处。高天鼎同志帮助补充和调整注释。中央党校（国家行政学院）离退休干部局的有关同志及东方出版社的有关同志，给予充分关心和支持。特此致谢！不妥之处，希望读者指出。

王彦民

2019 年 12 月 17 日